AF209421

Jakob Larsson

Åtta rysliga berättelser

Undertitel

© 2021 Jakob Larsson

Illustration: Kjell Larsson

Förlag: BoD – Books on Demand, Stockholm, Sverige
Tryck: BoD – Books on Demand, Norderstedt, Tyskland

ISBN: 978-91-8007-761-3

FÖROD

Här nedan kommer en kort inledning till var och en av de åtta novellerna som finns i denna bok. Anledning till att skriva ett förord är att jag tänkte det vore kul för dig som läser denna bok att ha en liten bakgrund.

Den första novellen "Tillsammans" skrev jag för kanske sex år sedan. Jag har alltid tyckt om att läsa om sekter i skräckberättelser. Det här är mitt bidrag till den kategorin. Här försöker jag att utmana mig själv med att skriva den i en stil som jag vanligen inte skriver i.

Den andra "Liv av lera" är den äldsta av den här bokens noveller och jag har dels med den på grund av nostalgiska skäl men också att den har blivit uppläst i podden Schaktmassa, avsnitt 5. Jag hoppas förstås att den kan uppskattas för vad den är. Dessutom kanske någon kanske tycker det är kul att läsa en av mina tidigaste noveller.

"Stugan vid sjön" är den första i en liten trilogi där jag skapar ett eget monster. Jag tycker om när personer och platser dyker upp flera gånger i en författares olika böcker. Det har jag försökt göra i denna berättelse och de två efterföljande, "Den blonde" och "Grodan och skorpionen".

"Spökskrivaren" är den andra av de två nyskrivna av dessa åtta noveller. Den har en koppling till en av novellerna i min första bok "Fyra rysliga berättelser". Här ironiserar jag över andra författares självupptagenhet och också min egen.

"Återvändaren" är den nyaste novellen. Den utspelar sig innan händelserna i en av mina tidigare noveller "Morbror Augusts tumme". Också "Morbror August tumme" finns att läsa i min första bok eller att lyssna på i Creapypodden avsnitt 110.

"De fruktansvärda skalbaggarna" är en klassisk rysare. Den handlar om två barndomsvänner som träffas efter att inte ha setts på många år. Från början hade den här berättelsen ett annat slut, men efter att min bror hade läst igenom den ändrade jag slutet så det blev bättre.

Hoppas du kommer att uppskatta den här boken, Jag vet i alla falla att jag har uppskattat att skriva den!

TILLSAMMANS

John parkerade sin bil vid Baronens köpcenter i Kalmar. Det skulle bli en bra bit för honom att gå till möteslokalen som låg ute i hamnen. Dessutom var det nästan två timmar innan mötet skulle börja. Han hade under hela sin karriär som journalist satt en ära i att förbereda sig och så gott som möjligt undvika alla överraskningar. Innan han började gå stoppade han handen innanför jackan och kände på bandspelaren som han hade tejpat fast på insidan. Nu för tiden verkade det som att vilken unge som helst med en smartphone trodde att de kunde bli Günter Wallraff och att det inte längre krävdes gammalt hederligt journalistarbete innan man spred det som i bästa fall var rena rykten och i värsta fall var avsiktliga lögner. " Nätpublicist –Javisst!" Tänkte John för sig själv och fnös föraktfullt. Visslande för sig själv svängde han över gästhamnen och gick längre ut på udden. Mötet skulle hållas i en gammal lagerlokal som hade köpts av det Heliga Ljusets Kyrka för ungefär fem månader sedan. Det var sådant här som John hade specialiserat sig på. De senaste tjugofem åren hade han ägnat nästan all sin vakna tid till att avslöja skumma helare och oärliga predikanter som använde sig av församlingsmedlemmars godtrogenhet till att köpa dyra bilar och placera pengar i skatteparadis. Själva möteslokalen låg ganska öppet så han kunde stanna en bra bit därifrån och hålla uppsikt på alla som kom. Om någon hade märkt att han hade stått där en lång tid och tittat kunde han ju bara spela nervös. Nervösa och osäkra människor var inte en så stor del av sekterna som gemene man trodde men det fanns gott om dem. De flesta sektmedlemmar som John hade träffat var personer där skillnaden mellan vad de ansåg vara rimligt eller orimligt var precis omvänt mot samhället i stort, att spela nojig var inte svårt. Om han inte hade valt att bli journalist hade han säkert kunnat bli en framgångsrik skådespelare. När John fick frågan om varför han gjorde det som han gjorde, så brukade han svara något i stil med att han själv hade växt upp i ett frireligiöst hem som var fullt av värme och kärlek och även om det hade blivit alltmer glest mellan kyrkobesöken ansåg han sig fortfarande vara en troende kristen. I sina egna ögon gjorde han en bra sak, även för troende personer, han avslöjade bluffmakare

9

och de som utnyttjade folks godtrogenhet. På det sättet kunde de riktigt religiösa utöva sin religion utan att vara oroliga. Han hade gjort liknande saker så många gånger förut att han inte kände någon oro längre. Om han inte hade hört av sig före klockan elva skulle Maria ringa polisen och lämna ut all information han hade samlat om det Heliga Ljusets Kyrka och dess grundare Mikael Andreasson.

Till och med för att vara en sektledare var Mikael Andreasson en ovanligt bisarr figur. Han hade blivit arresterad av polisen första gången som sextonåring. Det blev på en lång kedja av kortare och längre fängelsevistelser. Mellan fängelsevistelserna gjorde han resor till såväl USA som till Sydamerika och Indien. Det var någon gång då han var knappt 30 år gammal som han hade börjat sin karriär som religiös svindlare. Han hade varit medlem i allt ifrån obskyra Indiska sekter till Plymoutbröderna. Under en av rättegångarna hade han även angett religiösa skäl till han hade innehaft en större mängd psykedeliska svampar och central stimulerande medel i sin lägenhet. Under de senaste fem åren hade han inte haft någon kontakt med polisen och lagt all sin energi och en ansenlig summa pengar med oklart ursprung i sin religiösa rörelse. När John märkte att en bil närmade sig gick han i motsatt riktning som om han bara var ute och njöt av det fina vårvädret. Trots att det ofta var blåsigt i Kalmar på grund av närheten till havet var det i dag nästan helt vindstilla och säkert en femton sexton grader i solen. John blev själv förvånad över hur pass många bilar som körde förbi honom och parkerade utanför den före detta lagerlokalen. Han räknade till tjugosju. Dessutom kom det ett femtontal personer gående från Baronen eller kom på cykel. Det var också en väldigt stor skillnad på bilarna som parkerade. Det var allt från gamla Volvo 240 till det senaste årets BMW. När det var ungefär tjugo minuter innan mötet skulle börja gick John visslande mot parkeringen. När han var nästan framme kastade han en snabb blick omkring sig och stoppade handen innanför jackan och slog på bandspelaren.

När han kom närmare såg han till sin förvåning att det stod en äldre man som vänligt hälsade på alla som gick in i lokalen. Detta påminde honom om hans egen frireligiösa uppväxt, och om kyrkkaffet som brukade vara obligatoriskt efter gudstjänsterna på söndagarna. Det vanligaste med denna typ av obskyra religiösa grupperingar var ju att de försökte dölja sig inom en aura av mystik och mysticism som var menad att injaga respekt och fruktan i medlemmarna och de tilltänkta medlemmarna. Men John ryckte på axlarna. Han hade tydligen börjat bli cynisk och det var dumt att han hade några som helst förutfattade meningar. Något som var anmärkningsvärt var att hur lite han kunde hitta om det Heliga Ljusets Kyrkas verksamhet och ritualer. Även om folk i allmänhet trodde att det var svårt att få reda på vad så kallade hemliga samfund sysslade med så kunde den som visste vad man letade efter och hade de rätta kontakterna ganska snabbt bilda sig en åtminstone hyfsad bild om de flesta sekter förutom de allra mest hemlighetsfulla och slutna. Svårigheten att kunna hitta något riktigt matnyttigt var nog det som hade lett fram till att han nu stod här i kväll. Den gamla spänningen av att stå inför något nytt.

Medan han hade tänkt allt detta hade han passerat förbi de parkerade bilarna och stod framför den gamle mannen som log vänligt mot honom och sträckte fram handen. John tog mekaniskt den andre mannens hand. Handslaget var fast men inte hårt och påminde honom ännu en gång om barndomens frikyrkopastorer. Vaktmästaren log bara åt John och flyttade sig åt sidan och släppte in honom. Den före detta lagerloken var nästan helt kal förutom fyra korta rader med stolar som stod framför ett provisoriskt talarpodium som såg hemsnickrat ut. Det förvånade John att det inte hade satts upp någon som helst religiöst ikonografi på väggarna eller några mystiska symboler. Han hoppade nästan till då han såg att det hade satts fram precis det antalet stolar som antalet besökare. Det var trettiofyra. Ännu en gång blev han förvånad över hur heterogen gruppen av besökare var. Det var allt ifrån tonårspojkar till äldre kvinnor. En del stod i mindre grupper och pratade med varandra. Medan andra stod för sig själva och såg ganska nervösa och bortkomna ut. John bestämde sig för att han bara skulle stå och vänta tills själva ceremonin började och försöka att inte dra allt för stor uppmärksamhet till sig själv.

Han kastade en förstulen blick på sin armbandsklocka. Den var ett par minuter i sex. Precis klockan sex gick alla som på en gemensam signal och satte sig på en stol. John följde efter de andra och fick en stol på första raden nästan precis framför det hemgjorda podiet. Så fort alla hade satt sig ned märkte han att det kom en figur klädd i lång kåpa med uppdragen huva långsamt gående från den bortre kortändan av byggnaden. Han måste ha gått in genom bakdörren tänkte John. Jag missade honom bara. Han kunde sparka sig själv för att han hade blivit så slarvig att han hade missat den här figuren speciellt då hans klädedräkt var så uppseendeväckande. Dräkten hade långa ärmar som gick ned över händerna och huvan hängde långt fram och dolde helt ansiktet på dess bärare. Sidorna och bröstet var täckta av silverfärgade mönster som verkade slingra i varandra. John fick anstränga sig för att inte börja le för sig själv. Nu skulle det börja. Det här var något som han kände igen. Den hemlighetsfulla predikanten eller gurun eller vad man nu kunde kalla honom för. Mannens steg var nästan ljudlösa. Detta fick nästan hela församlingen att hoppa till av vaktmästarens smattrande steg då han kom joggande fram till predikanten och gav honom en tjock bok med scharlakansröda pärmar. Vaktmästaren sa inget till den kåpförsedda utan bara lämnade över boken med ett urskuldande leende. Därifrån han satt, kunde John se den kåpförsedda som sträckte fram händerna och tog boken utan att säga ett ord och tog de sista stegen fram till podiet. Han slog upp boken och utan att säga något blev han stående och tittade på den lilla gruppen framför honom. John kunde inte slita bort blicken från mannens händer. Fingrarna var onaturligt smala, nästa som blyertspennor och såg nästan helt platta ut som om de bara var en halv centimeter tjocka. Dessutom var de så bleka att man kunde se blodådrorna tydligt under huden.

Plötsligt började han att mässa, Men hur mycket John än ansträngde sig kunde han inte urskilja några ord. Det var bara ett ordlöst taktfast mumlande som steg och sjönk. John kände hur hans ögonlock blev allt tyngre. Han sköt in händerna mot kroppen och lade högra handen över den vänstra och nöp sig diskret för att kunna hålla ögonen öppna. En liten del av hans medvetande undrade vad som höll på att hända. Många känslor hade gått igenom honom under alla konstiga religiösa möten som han hade varit med om under de senaste tjugofem åren men trötthet hade aldrig varit en av dem.

Han tittade sig omkring på de andra. De flesta hade sjunkit ned på stolarna och några satt till och med och snarkade högljutt. Det var bara ett fåtal som verkade hålla sig helt vakna, men de hade glasartade blickar som om de inte alls var närvarande, djupt försjunka i sina egna tankar och dagdrömmar.

Plötsligt kändes det som om predikanten tittade rakt på John och bara på honom. John ryckte till och fokuserade blicken på mannen i kåpan. Figuren iakttog honom utan att avbryta sitt märkliga ordlösa mässande. John kände hur den andres blick borrade sig in i hans skalle. Det är som han vet varför jag är här, tänkte han med en stigande känsla av panik. John reste sig för att springa sin väg. En liten del av hans medvetande svor åt honom då han visste att det var det dummaste han kunde göra. Det mest logiska skulle vara att sitta kvar. Nu avslöjade han sig. Han kunde lika gärna ropa ut vem han var och varför han var på mötet. Han tog ett par stapplande steg mot bakdörren men föll rakt fram och slog i överkroppen i cementgolvet, men det kände han knappt. Hans medvetande hade nästan lämnat kroppen och det sista han gjorde innan han gav upp inför sömnen var att vrida huvudet som nu kändes tungt som bly mot podiet. Han orkade bara lyfta huvudet så mycket att han kunde se fötterna på predikanten som inte hade reagerat och inte heller hade avbrutit sitt mässande.

John vaknade av att något kallt och vått trycktes mot hans panna. Han vaknade med ett ryck och utrop. Han var kvar i lagerlokalen, det kunde han se efter att han blinkat ett par gånger för att blicken skulle klarna. Lokalen var tom nu. Besökarnas stolar hade staplats i högar vid den bortre kortväggen. Podiet var tomt och det fanns inget spår av den skrämmande predikanten.

"Du svimmade visst? Men det är inget att oroa sig för" sa en vänlig röst.

Rösten tillhörde den äldre mannen som hade välkomnat John och de andra besökarna. Han satt på en stol knappt en halv meter framför John och höll en fuktig trasa i handen. Det var den som hade väckt John då mannen hade baddat hans panna.

"Det har hänt flera gånger förut under hans predikande" sa mannen.
"Det är alltid väldigt starka upplevelser. Vi är mycket glada över att han hittade oss".

"Vem är han? Vad heter han?" nästan skrek John med hög och gäll röst.

Nu kände han också att han hade ett rep bundet runt bröstkorgen vilket gick bakom stolens ryggstöd. Men han hade händerna och armarna fria och repet var så löst bundet att han lätt kunde ta sig loss. Det var inte för att hålla honom fången utan bara för att se till att han inte ramlade av stolen. Den äldre mannen såg att John hade lagt märke till repet. Med en begrundande blick för att se att John var stadig nog att sitta upp själv, gick han runt stolen och knöt loss honom.

"Vad är klockan?" frågade John nu med mycket lugnare röst.

"Den är nästan tio." sa den andre med ett fortsatt vänligt tonfall men det hade börjat smyga in sig en aning trötthet i hans röst.

"Jag hoppas att det här inte kommer att avskräcka dig utan att vi kommer att se dig på nästa möte?"

"Det är redan nästa lördag, här och på samma tid".

Sedan reste han sig upp och började gå mot bakdörren. John förstod att han inte skulle få ut något mer av den andre och reste sig själv. Han kände sig fortfarande svag men han kunde gå utan att skälva på benen. När han hade gått ut låste den äldre mannen dörren bakom honom och gav honom en kort nick och gick mot sin bil som var parkerad vid den bakre ingången. John stod kvar lutad mot lagerlokalens vägg tills han såg bilens bakljus försvinna. Då stoppade han in handen innan för jackan, Bandspelaren var kvar och kändes hel. Sedan började John springa och stannade inte för än han var tillbaka vid Baronen och satt i sin egen bil.

Han slet nästan loss bandspelaren från insidan av jackan som han slängde i baksätet. Sedan tog han med darrande fingrar ut kassetten ur spelaren och satte in den i den gamla bilradion. I vanliga fall väntade han alltid tills han kom hem eller om det var något alldeles speciellt tog han och Maria och lyssnade på dem tillsammans. Han bara måste lyssna på den här kassetten och försöka förstå vad som egentligen hade hänt på mötet. Det hade inte serverats något att äta eller dricka, så han och de andra besökarna kunde ju inte ha blivit drogade på det sättet. Kunde det vara någon slags gas som hade släpps ut? Men varför? Varför skulle någon vilja göra något sådant? Visst hade det använts droger inom sektvärlden för att framkalla utomkroppsliga och andra spirituella upplevelser. Men ofta behövdes det inte alls. Det som behövdes var en karismatisk predikant som kunde få sitt budskap att åtminstone låta övertygande. I grund och botten är vi inte så rationella som vi vill tro. Långt ifrån alla men tillräckligt många kan övertygas. Dessa tankar rusade igenom Johns huvud innan han tryckte in kassetten i bilstereon och tryckte på play. Det var tyst några sekunder sedan hörde han ljudet av glada röster och fågelkvitter i bakgrunden. John rynkade pannan. Hade han gjort något fel? Hade han tagit en gammal kassett? Han var säker på att han inte hade slagit på bandspelaren förrän han hade kommit in i lagerlokalen. Han kunde inte dra sig till minnes att ha hört fåglar, inte ens några måsar. Alla samtal hade förts med tysta och allvarliga röster. Han ryckte till då han plötsligt kände igen en röst på bandet. Det var gamle pastor Vallentin, predikanten i den lilla frikyrkoförsamling som han hade växt upp i. Vallentins röst blev snart mer tydlig.

"John, jag är så glad att få se dig efter alla dessa år!"

"Du vet att vi alla har varit oroliga för dig"

John smällde till bilradion med handen och det hördes ett klick då kassetten sköts ut. Vad var detta för något? Han hade inte träffat Vallentin på över trettio år och han var med all säkerhet död. Hade han över huvud tagit spelat in några av de gamla väckelsemötena från den lilla småländska byn där han växte upp med sina föräldrar? Han hade alltid vetat att han ville bli journalist. Och redan vid tio års ålder hade han rivit loss artiklar, intervjuat klasskamrater, lärare och spelarna i det lokala fotbollslaget. Men även om han hade spelat in något av de gamla kyrkomötena var han inte sentimental och han skulle inte vara så klumpig att han helt enkelt skulle glömma att slå på bandspelaren.

"Vi saknade verkligen dig John".

Vallentins röst kom ut ur bilens högtalare. Johns blick föll direkt på bilstereon. Han måste ha tryckt in kassetten och tryckt på play utan att ha tänkt på det.

"Vi tyckte det var tråkigt att du inte kom och hälsade på oss när du besökte dina föräldrar."

Pastorns röst var lugn och vänlig men det hade smugits sig in en hård underton i den.

"Vi var alla här så stolta över dig. Du gjorde en bra sak för alla oss hederliga predikanter när du avslöjade charlataner. Men i det här fallet tror jag du har gjort ett misstag. Det Heliga Ljuset är inga bluffmakare. Det här är mer på riktigt än vad någon av oss kan förstå."

Sedan blev det helt tyst på bandet. John blev bara sittande och lyssnade på ljudet av sin egen andhämtning och sina egna hjärtslag. Han ryckte till när han hörde ringsignalen på sin mobil. Han ryckte upp den ur byxfickan och nästan skrek då han svarade. Det var Maria som ringde på den överenskomna tiden. Hon lät orolig på rösten. Maria och John hade jobbat tillsammans av och till från att de båda hade blivit färdiga journalister, Men då John inte kunde slå sig till ro utan hade flyttat runt i hela landet hade Maria sedan fem år tillbaka flyttat till Kalmar som var hennes gamla hemstad.

"Hur gick det?" frågade hon.

Hennes röst var stadig men John kunde ändå höra undertoner av oro och lättnad då han svarade. Det var inte så att hon inte litade på honom. Redan under deras studietid hade han visat en förvånansvärd skådespelartalang som han hade dragit nytta av inte bara när det kom till att gå in i sekter utan även vid andra under-coverjobb som han hade haft. Maria hade ofta skämtat och kallat honom för den svenska journalistikens James Bond. Till hans irritation var detta epitet något som hade spridits till kollegor, vänner och också i viss mån till allmänheten. Men Maria kunde inte låta bli att känna oro varje gång John gjorde någon av sina infiltrationer. Det var lika lättande varje gång han svarade, men hon märkte snabbt att något var annorlunda denna gång. I vanliga fall brukade han vara glad och pratsam när hon ringde upp honom, men nu var han tyst och hon fick nästan driva på honom för att han skulle säga något överhuvudtaget. Hon förstod att det hade hänt något, något alldeles speciellt, något på mötet som hade skrämt honom. Detta gjorde henne orolig men också nyfiken. Därför sa hon ja med en gång då han bad att få komma över till henne.

Han dök upp ungefär tio minuter senare. Han hade antagligen gått den korta biten från sin bil till hennes lägenhet som låg nere i Kalmars gamla stad, på andra sidan järnvägen. Hon fick en chock då hon öppnade dörren och såg hur gammal han plötsligt hade blivit. Visst, de var båda strax över femtio år, men John hade alltid haft något av en ungdomlig utstrålning så att Maria alltid hade tänkt på honom som en yngre man. Men nu såg han ut som en betydligt äldre och mer sliten person. Om John lade märke till hennes förvåning så sa han inget, han bara nickade och följde med in i hennes vardagsrum. Ingen av dem sa något. Maria plockade fram en fickbandspelare och John grävde en stund i sina jackfickor innan han hittade kassetten och satte in den i bandspelaren. Först blev Maria nästan besviken. Hon visste inte vad hon hade väntat sig men det var inte vad hon fick höra. Först bara ett ordlöst mumlande som efter en liten stund övergick i ett lågmält nynnande. I början var det bara en ensam röst men snart dök det upp flera andra som steg och föll. Hur mycket hon än ansträngde sig kunde hon inte urskilja några ord i nynnandet. Hon kände hur ögonlocken blev tyngre och att hon hade allt svårare att hålla sig vaken. Hon visste inte hur lång tid som hade gått men plötsligt hörde hon en röst som skilde sig från de andra. Det var hennes mammas röst! Hennes mamma Birgit hade alltid varit en lågmäld kvinna som inte verkade ha några känslor eller åsikter om något alls. Men nu verkade hon vara arg och besviken på Maria, dottern som hon hade haft så höga förväntningar på. Det var som Birgit sa till henne att vad har du gjort av ditt liv egentligen?

"Du som hade en sådan ljus framtid framför dig. Det mesta har du ju bara slösat bort för att hjälpa den där John. Har han visat någon tacksamhet eller stöttat dig i det som du har velat göra?"
Maria ville protestera och säga att det inte alls var så utan att hon visst hade haft egna framgångar, att John hade stöttat henne precis lika mycket som hon hade stöttat honom. Men hon hade svårt att få det att låta övertygande ens för sig själv. Visst hade hon hade haft egna framgångar. Men om hon skulle vara riktigt ärlig mot sig själv skulle

hon ändå alltid stå i Johns skugga och efter alla dessa år hade han börjat ta henne alltmer för given och börjat utgå ifrån att hon alltid skulle finnas där för att hjälpa honom om han skulle behöva det. Ju mer hon tänkte på det, desto mer besviken blev hon på John men mest på sig själv. Mamma Birgits röst blev nu mer sorgsen än arg när hon berättade vad hon aldrig rakt ut hade sagt till Maria om hur hon hade hoppats på att hennes dotter, sitt enda barn, kunnat bli något alldeles speciellt och inte behöva stå i skuggan av någon. Plötsligt kände Maria hur fel allt det här var. Hon kunde inte tänka sig att hennes mamma skulle ha känt på det här sättet. Med ett ryck satte hon sig rakt upp i fåtöljen och vände sig mot John. Han satt helt rak i ryggen på sin stol med slutna ögon och händerna så hårt knutna att knogarna vitnade. Mellan hans slutna ögonlock rann det tårar ned längs kinderna.

Maria kände hur ilskan började rinna av henne och kvar blev bara en stor trötthet. Det var så här det alltid brukade bli. Inte så här dramatiskt, men slutet skulle bli detsamma, att inget skulle förändras. Maria skulle lova sig själv att hon skulle satsa mer på sin egen karriär men i slutändan skulle hon sluta som Johns medhjälpare igen. Hon lutade sig tillbaka i fåtöljen och började skratta, till en början ett lågt skratt som efterhand blev högre och gällare. John torkade tårarna ur ögonen. Nu förstod han hur fel han hade haft. Han hade inte alls velat avslöja bluffmakare. Det han verkligen hade velat var att hitta en plats där han kunde känna sig hemma precis som han hade gjort under uppväxten. Men ju längre tiden hade gått dess mer desillusionerad hade han blivit. Han vände sig mot Maria som slutade att skratta och tittade på honom. De satt båda en lång stund utan att säga något innan de märkte att hummandet från bandspelaren hade tystnat. De satt bara och tittade på varandra. Så satt de bara utan att säga något eller att röra sig. Plötsligt hörde de hur ytterdörren öppnades och stängdes, sedan hörde de långsamma men bestämda steg som kom allt närmare. Ingen av dem reagerade utan satt bara och väntade på vad som skulle komma härnäst.

Lördagen därpå stod den gamla vaktmästaren och välkomnade besökarna till den gamla lagerlokalen som det Heliga Ljusets Kyrka hade gjort till sin möteslokal. Många av de gamla bekanta besökarna kunde märka en skillnad hos mannen. Han hälsade lika vänligt på alla som han brukade men det märktes att han var nervös och kastade blickar över parkeringen precis som om han väntade på någon. När det nästan var dags för mötet att börja svängde det in en blå Honda på parkeringen. Den gamla mannens ansikte sprack upp i ett leende då han såg vilka som steg ut ur bilen. Kvinnan som steg ut ur förarplatsen rörde sig på ett sätt som om hon var berusad eller gick i sömnen. Hon gick runt till passagerarsidan och öppnade bilens dörr. Hon fick nästan hjälpa mannen som hade suttit där att komma ut ur bilen. Sedan stöttade de båda varandra och gick den korta biten fram till dörren och vaktmästaren. När de var framme vid dörren så sträckte vaktmästaren fram sina armar och omfamnade de båda. De besvarade inte omfamningen men gjorde heller inget för att stoppa den.

"John och Maria! Jag är så glad att se er här igen" sa han med ett lågt nästan ömsint tonfall.

Han vände sig till John och sa:

"Jag kanske borde presentera mig. Jag heter Mikael Andreasson"

LIV AV LERA

Annika Sommargrens inledande kommentar.

En av de få patienter som jag har träffat utanför min profession som psykiatriker är Henrik Svensson.

Första gången var en ren slump. Jag var ute på stan och av en ren tillfällighet bestämde jag mig för att gå in i en liten hantverksaffär. Mannen med rödsprängda ögon, som stod bakom disken och som jag senare förstod var Henrik pratade mycket lågmält, men var vänlig och lyckades på något sätt truga på mig en liten och ganska ful lerskulptur. Nästa gång jag träffade Henrik var under betydligt mer dramatiska omständigheter. Vid detta tillfälle jobbade jag på en traumaenhet för personer som hade varit med om olyckor. Henrik var visserligen virrig efter det slag i huvudet han hade fått, men det var nog snarare den historia som han berättade som var anledningen till att han kom till mig. Brandmännen som hade räddat honom kunde helt enkelt inte tro att den var sann.

Henrik Svensson låg tyst i sjukhussängen innan han började berätta.
För att du ska kunna förstå ordentligt vad jag ska berätta måste jag gå fyra, nej fem år tillbaka i tiden, till min skilsmässa ifrån min fru Ida.
Från början var väl ingen av oss speciellt intresserad av att skaffa barn, men när det visade sig att ingen av oss kunde få några barn blev det för mig mer och mer en fix idé.
Jag började dricka och skyllde vår barnlöshet helt och hållet på Ida. Så jag kan inte klandra henne för att hon ville skiljas. Naturligtvis gick mitt drickande även ut över mitt arbete. Jag jobbar som lerskulptör och har en liten butik där jag säljer mitt arbete. Så här i efterhand förstår jag att kunderna blev allt färre och färre.
En dag för hmm. (tankepaus) två år sen måste det varit, när jag som vanligt vaknade bakfull och märkte att klockan redan hade passerat två så var det som ett skynke hade dragits från mina ögon. Förlåt för det fåniga uttrycket, men det var precis så det kändes. Jag kunde se vad jag hade blivit och tyckte inte alls om det. Det var inte som att bli som en ny människa på en enda dag, det var början på en lång och plågsam process.

Det första steget var att leta upp den lokala AA-föreningens lokal och börja gå på deras möten. Det var också här jag träffade Gustav för första gången. Till synes kanske det inte verkade som om vi hade något gemensamt. Han hade jobbat som rörmokare fram till för något år sedan, då han hade blivit avskedad p.g.a. sina alkoholproblem. Men hur som helst blev vi i alla fall vänner. Vi stöttade varandra och pratade om våra liv. Gustav var väl 20–25 år äldre än jag är och hade aldrig varit gift, men han hade samma längtan efter barn som jag också hade.

En dag tog Gustav med mig hem. På hans vardagsrumsbord låg en mycket gammal läderinbunden bok.

"Öppna den! Läs den!" sa han med förväntansfull röst.

Jag öppnade försiktigt boken och tittade på de första gulnade bladen. Jag kunde inte ens identifiera språket och då ska du veta att språk är något som alltid har intresserat mig. Inte bara de som talas idag utan även utdöda språk såsom fornmesopotamiska. Bokstäverna i det här språket eller vad det nu var, bestod bara av perfekt geometriska kvadrater, rektanglar, trianglar och cirklar.

"Vad är det här för någonting", frågade jag Gustav.

"Det är språket från tidernas begynnelse. Ett språk som skapades när jorden fortfarande bara var en glödande klump av sten".

"Jaha, och vad står det där då", frågade jag.

Vid det här laget misstänkte jag att det här var något slags skämt. "Det är boken om livets början. En bok om hur man skapar liv ur död materia", svarade han med en röst som började närma sig hysteri.

"Jaha, det var ju imponerande", sa jag och stängde igen boken, inte alls lika försiktigt som jag hade öppnat den.

"Vänta", sa Gustav, i betydligt lugnare tonfall än han hade haft nyss.

"Du kanske tror att jag är knäpp men om du bara ger mig ett par dagar ska jag visa för dig att jag inte är det".

Sedan började han undervisa mig i det uråldriga språket. Som jag har sagt tidigare så gillar jag språk och har lätt för det. Men det tog mer än ett par dagar för mig att förstå mig på det urgamla språkets förvånande komplexitet. Ju mer jag lärde mig, desto mer fascinerad blev jag. Jag förstod efterhand att Gustav varken skämtade eller var galen. Han hade haft rätt. Boken handlade verkligen om hur man skapade liv ur död materia. För dig kanske det låter som vansinne, men vi beslutade oss för att vi skulle göra det själva. Som tur var hade Gustav nyligen fått ett stort arv, så vi hade råd att hyra en liten stuga utanför stan.

Eftersom lera är det material jag har valt att arbeta i så beslutade vi oss för att det var det material som vårt barn skulle vara gjort av. Jag blev som uppslukad av arbetet. Om dagarna arbetade jag i butiken. Affärerna gick något bättre, men det brydde jag mig inte om. På kvällarna åkte jag ut till stugan och jobbade hela nätterna på barnet. Jag slutade nästan att äta och sova. Mitt nattliga arbete blev allt för mig. Jag kallar skapelsen för ett barn, men när jag var färdig var den nästan 2 meter lång, hade armar och ben, fingrar och tår och fullkomligt mänskliga anletsdrag. Mitt bästa arbete någonsin.

Så igår natt bestämde vi oss för att fullända det hela genom att ge det liv. Vi hade lagt det på sovrumsgolvet. Vi hade tänt ljus runt barnet och Gustav stod bakom barnets huvud och talade på det uråldriga språket. Jag vet inte hur länge han talade, för jag var helt uppslukad av situationens stora lycka och allvar. Men när han hade slutat att tala så plockade han upp en kniv som låg bredvid honom. Med en min av lycksalighet tog han och skar upp sina handleder och lät blodet rinna ner på barnets ansikte. Sedan föll han ihop mot väggen. Jag stod bara och stirrade för jag hade inte haft en aning om att det var på detta sätt som ritualen var menad att sluta. Efter en minut, eller det kan lika gärna ha varit en timme, började barnet röra på sig. Först sakta, som om det inte visste hur det skulle göra. Efter ytterligare okänd tid reste det sig upp och jag kände hur det tittade på mig. Munnen som jag hade skulpterat som stängd, öppnade sig med ett ljud som när man tappar en tallrik i golvet och den går i kras. Den släppte ifrån sig ett vrål som innehöll så mycket glädje, så mycket sorg, fyllt av smärta och samtidigt en fullständig lycka. Själva kraften i vrålet fick ljusen att falla omkull och mig att kastas in i väggen, där jag slog i huvudet och förlorade medvetandet. Du får gärna tro att jag är galen, men vi gjorde det verkligen Gustav och jag, vi skapade liv av lera.

Annika Sommargrens eftertext.

Jag träffade bara Henrik Svensson ett fåtal gånger på sjukhuset. Han blev utskriven och då började han gå hos en psykolog, men det gjorde han bara under drygt ett halvår. Psykologen berättade för mig att Henrik hade sagt att han blivit av med sina tvångstankar, men hon misstänkte starkt att det var något han bara sa för att kunna sluta med terapin. Hon hade ändå fullt upp med andra patienter och som hon sa "Jag tror aldrig att jag har träffat en människa som är så tillfreds med sig själv och sitt liv".

I ett helt annat ärende träffade jag en av brandmännen som hade varit med vid branden och räddat Henrik. Han skrattade och sa: "Räddade gjorde jag väl egentligen inte. När vi kom till branden så låg han redan på gårdsplanen, bredvid Gustav Lundéns döda kropp". Han stod tyst en liten stund innan han sa: "Jag har inte sett speciellt många döda människor men jag tror aldrig att jag har sett någon som har sett så nöjd ut som Gustav Lundén. Om det är så man ser ut när man har avlidit så kanske det inte är så mycket att vara rädd för". Sen gick vi över till mitt egentliga ärende och lämnade ämnet.

Jag träffade faktiskt Henrik Svensson en gång till. Av en tillfällighet kom jag förbi hans affär. Det var en väldig skillnad från förra gången. De klumpiga och fula lerskulpturerna han hade gjort under sin alkoholism hade bytts ut mot små, av kärlek och konstnärsskicklighet vittnande skulpturer. I ett hörn stod det en manshög staty föreställande en människa.

"Det är mitt mästerverk", sa Henrik, när han såg att jag tittade på statyn.

"Jag trodde inte att du hade gjort något bättre än barnet", försökte jag skämta.

"Det har jag inte heller", sa han med stolthet i rösten.

Jag vände mig mot statyn igen och fick gåshud. Förut hade båda händerna varit öppna, men nu hade vänsterhanden knutit sig. Jag är säker på att det inte bara var som jag inbillade mig. Jag fick lägga band på mig för att inte springa därifrån. När jag gick följdes jag av Henriks vänliga: "Hoppas att vi ses igen".

Jag vaknade med ett ryck. Jag kom inte ihåg vad jag hade drömt bara att det hade varit en mardröm. Jag vände mig om till min högra sida och tittade på klockan. Den var nästan elva på förmiddagen. Detta gjorde mig irriterad trots att jag hade semester och kunde sova hur länge jag ville. Det var just därför jag kände mig irriterad. Det kändes som om jag hade sovit bort en del av min ledighet. En ganska korkad känsla faktiskt. För jag hade ju hyrt stugan för att komma bort ifrån känslan av att även när jag var ledig kunde jag missa något. Under de första dagarna hade det känts riktigt skönt att komma bort ifrån arbetet och vännerna som drog i mig. Jag hade köpt med mig tillräckligt med mat för att det skulle räcka nästan hela veckan. Jag behövde bara åka in till det lilla samhället för att handla en enda gång. Det första jag gjorde när jag hade kommit fram och hade packat upp mina väskor var att stänga av mobilen. Jag hade berättat för alla som behövde veta det var jag skulle åka och hur länge jag skulle vara borta.

Medan jag hade funderat över detta för mig själv gick jag upp ur sängen och tog på mig mina shorts och min t-shirt. Jag gick ut i köket. Det var en strålande vacker dag där ute. Solen låg på direkt på kökssidan. När jag tittade på termometern såg jag att det var drygt trettio grader i köket så jag gick och öppnade fönstret. Jag såg med en gång att det här var den dagen som jag var tvungen att åka till det lilla samhället och handla. Det kändes faktiskt ganska bra när jag tänkte efter. Trots att jag hade hyrt stugan för att få lugn och ro så skulle det var skönt att komma ut och få träffa lite folk. Nu när jag tänkte närmare på saken så ville jag nog passa på att gå till det lilla cafét som jag hade sett då jag handlade mat på ICA då jag var på väg till stugan. Tanken på kaffebesöket gjorde mig upprymd och de dåliga känslorna jag hade haft då jag vaknade var som bortblåsta. Jag åt upp den sista yoghurten i paketet och tog en smörgås med leverpastej till. Efteråt tog jag och gav mig själv en snabb granskande blick i hallspegeln och tyckte jag såg tillräckligt presentabel ut för att vara en ledig semesterfirare. Jag gick ut och satte mig i bilen. Jag hade låst ytterdörren men låtit köksfönstret stå öppet på glänt. Under de nästan fyra dagar som jag hade varit vid stugan hade jag inte sett någon annan människa men däremot ett flertal ekorrar och ett par rådjur som hade stått lugnt i trädgården och nafsat på de gamla knotiga äppelträden som växte där. Jag hade kunnat stå en lång stund vid mitt sovrumsfönster och iakttaga djuren. I vanliga fall brukar rådjur ha en naturlig skygghet och kunna känna på sig om man iakttog dem men dessa verkade nästan vara orädda som om de visste att jag var ofarlig och att de accepterade min närvaro på deras revir.

Samhället var för litet för att kallas för en stad men nästan för stort för att kallas för by. Förutom ICA-handlaren och caféet fanns ett bibliotek med hyfsade öppettider, ett hotell och ett Folkets Hus som enligt lappen på anslagstavlan utanför, visade en gång per vecka filmer, som hade något år på nacken.

Det skulle vara en överdrift att säga att gatorna var packade med folk. Men jag kunde se minst ett fyrtiotal sommarlediga personer som utan något synligt mål drev omkring på samhällets huvudgata. På vägen log jag och nickade vänligt åt flera av dem jag mötte. Jag är visserligen en i vanliga fall väldigt social person som gillar att umgås med andra men totala främlingar brukar göra mig nervös. Så att visa vänlighet mot främlingar var inte för mig så vanligt men det kändes för tillfället som helt naturligt. När jag kom in på caféet var det nästan fullt men jag lyckades ändå få tag på en sittplats. Tonårstjejen i kassan var vänlig på ett professionellt ointresserat sätt. Hon stod säkert och drömde om att gymnasiet skulle ta slut så att hon kunde komma iväg från samhället för att börja plugga eller jobba eller för att tågluffa i Europa. Det hade jag gjort efter att ha tagit studenten och som det kändes då, äntligen kunna flytta hemifrån. Men tågluffa, det kanske inte ungdomar gör nu för tiden. På det här sättet satt jag och dagdrömde tills jag hörde en harkling precis vid mig.

Jag ryckte till och tittade mig förvirrat omkring. Något som var ganska onödigt då personen som hade harklat sig stod precis framför mig. Det var en ung kille i kanske tjugoårsåldern. Först trodde jag att han var yngre då han var ganska kort och smal och hade inte en tillstymmelse till skägg på vare sig haka eller kinder. Hans hår var rågblont och det såg ut som om det inte hade sett en kam eller blivit tvättat på många veckor. Han nickade åt den lediga stolen som stod mitt emot mig vid det lilla runda tvåmannabord som jag hade satt mig vid. Han sa inget men han log och satte sig med sin kopp te.

Jag försökte få i gång ett samtal med min bordsgranne men han svarade enstavigt. Jag började undra varför han hade satt sig vid mitt bord då det nu fanns några andra lediga platser i fiket. Efter kanske tio minuter tröttnade jag och betalade och gick ut på gatan. Jag kände det plötsligt som om vädret hade blivit sämre och att det hade börjat blåsa kallt trots att det var lika soligt som tidigare. Jag rös och gick snabbt mot ICA-handlaren. Under hela tiden jag var inne i affären så kände jag mig iakttagen. Jag verkade nog ganska konstig då jag hela tiden tittade över min axel och slängde ned varor i min varukorg utan att ordentligt se efter vad det var för något.

Jag kände mig inte lugn förrän jag var tillbaka i stugan. Då kändes hela episoden som ganska löjlig. Det hade ju faktiskt inte hänt något. Jag hade bara inbillat mig och gjort mig själv orolig i onödan. Jag plockade in det jag hade köpt i kyl och frys. Som tur var hade jag köpt precis det som jag hade tänkt mig trots att jag hade varit så orolig i affären. Nu hade det blivit eftermiddag och jag bestämde mig för att gå ned till sjön som låg precis bakom stugan och ta ett bad. Jag hade ju vaknat så sent att jag inte hade hunnit bli hungrig än. Dessutom tyckte jag det var lika bra att passa på nu när semestern ändå började gå mot sitt slut. Jag gick ned till sjön där det fanns en liten brygga och en liten roddbåt som uthyraren hade sagt att jag kunde få låna. Jag hade aldrig rott förut och därför lät jag båten vara. Jag gick ut på bryggan och klättrade nedför stegen i änden av den och lät det ljumma vattnet omsluta mig. Jag tog ett ögonmått på vad jag trodde var ungefär tjugofem meter och började sedan simma fram och tillbaka. Det här var en vana som jag hade haft ända sedan jag var liten. Jag tyckte om att ha åtminstone en känsla av att jag befann mig på en trygg och inrutad plats som på ett badhus även om jag som nu simmade på öppet vatten. Jag simmade fram och tillbaka i kanske en halvtimme innan jag kände mig färdig och gick upp. Mina muskler värkte på ett skönt sätt. Jag kände att jag skulle ha träningsvärk nästa dag men det gjorde mig inget. Jag har alltid varit en aktiv person. Ett visst mått av träningsvärk var bara ett tecken på att man hade använt sin kropp. Men nu hade jag börjat bli hungrig igen. Jag plockade fram ett par av hamburgarna jag hade köpt under dagen. Tyvärr hade jag glömt att köpa en engångsgrill och det fanns ingen utegrill i stugan heller. Jag fick ta och steka burgarna i stekpannan även om det kändes fel att inte vara ute och grilla då det var sommar och så fint väder. Det var så jag tillbringade min kväll med att steka burgare. Jag öppnade också en av vinflaskorna jag hade haft med mig till stugan men sedan nästan glömt bort. Efter jag hade ätit så fördrev jag några timmar med att läsa och surfa på mobilen. Trots att stugan låg så pass avskilt som den gjorde fungerade uppkopplingen till mobilen nästan perfekt, något jag var glad för men inte hade räknat med då jag bestämde mig för att åka dit. Jag somnade faktiskt sittande i vardagsrummets soffa.

Jag vaknade någon gång i gryningen av att solljuset lyste in genom fönstret och stack i mina ögon. Jag log för mig själv. Det var så en semester skulle vara. Jag kände mig pigg och utvilad. Jag bestämde mig för att ta en promenad i skogen för att pigga på mig. När jag kom ut på trappan tyckte jag mig se en figur som sprang in i skogen från grusvägen som ledde fram till min stuga. Jag blev stående och kände en kall kår längs ryggen. Men obehaget försvann efter bara ett ögonblick. Jag måste ju ha inbillat mig eller så var det ett djur. Jag hade varit där under nästan en hel vecka och jag hade ju inte sett en enda människa här. Men ändå så valde jag att gå runt stugan och gå in i skogen från baksidan trots att det var sämre terräng där och svårare att gå. Trots att jag var säker på att jag var ensam i skogen hoppade jag till av smådjur och kände mig spänd och nervös.
Jag blev alltmer irriterad under min promenad. Mest på mig själv då jag lät småsaker som jag inte tidigare hade brytt mig om att göra mig orolig. Det hade ju varit så lugnt och fridfullt ända fram till gårdagen och nu lät jag det där dumma mötet på caféet påverka mig så att det nästan verkade som slutet på min semestervecka skulle bli förstörd.

När jag kom tillbaka till stugan kände jag mig lugn. Jag skulle helt enkelt åka tillbaka till samhället, gå in på caféet och göra om samma sak som dagen innan. På så sätt bevisa för mig själv att min oro var helt obefogad. Jag satte mig i bilen och körde tillbaka. Nu var det betydligt mindre med folk ute. Jag såg bara någon enstaka flanör som såg ut att gå runt, inte på ett ledigt och avslappat sätt som man gör på sin semester utan snarare på ett förvirrat sätt som att alla höll på att leta efter något men som hade glömt bort vad. Jag intalade mig att det bara var inbillning och att det bara var i mitt eget huvud och att jag inbillade mig saker. När jag kom in på caféet var det samma tjej som stod i kassan. Hon såg trött och sliten ut. Hon log inte den här gången då hon tog emot min beställning. Jag satte mig på samma plats som jag satt på förra gången. Det var betydlig färre personer inne på caféet, bara en fyra fem. De satt alla utspridda och såg på något sätt medtagna ut. Som om de alla hade genomlevt en stor olycka. Jag inbillade mig antagligen men det kändes som det hade blivit flera grader kallare både inne på caféet och utomhus då jag gick därifrån. När jag satte mig i bilen igen fick jag sitta i flera minuter då mitt hjärta bultade så hårt och mina händer skakade så jag var osäker om jag kunde köra bilen på ett säkert sätt. Jag beslutade mig. Jag skulle ge mig av direkt. Åka ned till stugan, hämta mina grejer och ge mig av. Jag skulle lägga nyckeln i blomkrukan vid ytterdörren som jag hade avtalat med uthyraren. Sedan skulle jag köra hem.

När jag kom fram till stugan så stod han där och väntade på mig. Det var den unga killen från caféet. Det var en ganska lång raksträcka innan stugan så jag såg honom på kanske 25 meters avstånd. Han stod där bredbent och vinkade då han såg bilen komma runt den sista kröken. Nu drabbades jag av ett plötsligt ursinne och rusade motorn och körde bilen rakt emot honom i akt och mening att köra över honom. Han gjorde inga försök att hoppa ur vägen utan stod bara kvar. När det bara var två meter kvar till honom dog plötsligt motorn. Jag kastades framåt mot vindrutan men bromsades upp av säkerhetsbältet. Som tur var utlöstes inte airbagen. Han stod bara framför mig helt oberörd en stund men började sedan prata. På läpprörelserna såg det ut som han viskade men jag kunde höra honom klart och tydligt.

"Jag är ledsen om jag skrämde dig. Det var inte min mening. Du var bara på fel plats vid fel tillfälle"
"Vad gjorde du med människorna inne i byn?"

Jag fick kämpa för att göra min röst stadig och inte visa hur rädd jag verkligen var. Han svarade inte utan bara log ett onaturligt brett leende. Det jag såg av tänderna var att de var alldeles för många och för vassa för att tillhöra en människa. Sedan gav han mig en lång blick och sade med begrundande röst:

"Du ser faktiskt ganska sliten ut. När du kommer hem till staden bör du ringa din chef och be om en veckas semester till."

Sedan gick han in i skogen och försvann.

DEN BLONDE

Jag skall göra mitt försök att berätta om vad som egentligen hände på Ekebyskolan sommaren 2012. Eller rättare sagt kommer jag att berätta om mina upplevelser under veckorna och dagarna innan tragedin. Jag hoppas att jag kan ge min egen bild av händelserna. Men det kommer att bli svårt. Även om jag själv var där på skolan så kan jag fortfarande inte riktigt förklara en del. Det beror väl på psykets förmåga att skydda sig ifrån det som är obehagligt och ifrån det som man inte kan förklara. Dels är det väl också det faktum att historien fick så mycket publicitet inte bara här i Skåne utan också i hela landet. Dessutom blev det en stor snackis på nätet och det finns fortfarande spekulationer om vad som egentligen hände, främst på Flashback. Jag har också sett en engelskspråkig tråd på en av Readits underforum. De mesta av diskussionerna på nätet kan väl snarast beskrivas som creapy paste eller rena spökhistorier.

Jag kanske skall börja historien med att beskriva mig själv lite kort. Jag heter Lisa Lindström och är nu nitton år. Jag var tio när det fruktansvärda som hände på Ekebyskolan inträffade. Jag var och skall nog beskriva mig själv som en ganska vanlig tjej som lever ett vanligt och ganska tråkigt Svenssonliv. Numera ett vanligt och tråkigt studentliv i Lund. Jag har som de flesta andra en mamma och en pappa och två yngre bröder och en storasyster. Ni som läser det här är väl inte speciellt intresserade av mig eller min familj? Ni läser väl detta för att få höra sanningen om vad det var som hände där på skolans första dag efter sommarlovet. Jag kommer dit tids nog, men för att verkligen kunna förklara vad som hände mig och min syster så måste jag gå tillbaka till första gången vi träffade honom. Han som jag hädanefter kommer att kalla Den blonde. Det var inte jag som först kallade honom för det. Det kanske kommer ifrån Flashback eller så var det kanske i någon tidningsartikel som jag har läst. Ja, som ni ser redan nu börjar jag bli osäker på alla detaljer.

Nåväl, det var på onsdag eller torsdag den första sommarlovsveckan. Jag och min bästis Sofia var ute och spelade fotboll med ett gäng från klassen. Det var nog också ett par av sommarstugeägarnas barn med och spelade. Jag stod i målet. Hon som hade valt mig till sitt lag sa att det var för att jag var den bästa målvakten och det var jag också, men det var nog mest för att jag var den sämsta utespelaren och därför hade fått mer träning som målvakt än de andra barnen. I det här fallet så skulle det nog inte ha spelat någon roll om jag var bra eller dålig som målvakt för sommargästernas barn var ganska dåliga och jag fick inte speciellt mycket att göra.

Det var när jag stod lutat mot en av målstolparna och hade det tråkigt som jag fick syn på honom. Han kom gående längs vägen. På ryggen hade han en stor ryggsäck. Först trodde jag att han var ett barn då han var så kort. Han kunde inte vara mer än kanske 150 cm lång. Ett par meter innan han skulle passera på vägen nedanför fotbollsplanen vek han plötsligt av och kom gående emot oss. När han kom närmare såg jag att han inte var ett barn. Han var inte heller fullvuxen, han kunde väl vara en 17 eller 18 år eller något sådant. Hans ryggsäck var uppenbarligen fullstoppad och på sidan av den hängde en kastrull och ett par vandrarkängor. När han kom riktigt nära såg jag att hans gymnastikskor som han hade på sig var lagade med silvertejp. Till att börja med fick jag inte speciellt lång tid att iaktta honom då plötsligt ett av sommargästbarnen kom springande. Han hade lyckats komma förbi våra försvarare och nu kom han rusande emot mig. Han fick bara iväg en tåfjutt som jag fångade lätt och som jag kastade ut till någon av lagkamraterna, det kanske var Sofia. När jag vände mig tillbaka mot nykomlingen hade han tagit av sig ryggsäcken och satt bara några meter ifrån mig utanför fotbollsplanen. Han hade lagt ifrån sig ryggsäcken och satt i skräddarställning på marken. Han gav mig en nick och ett leende. Det kanske bara var för att jag så här i efterhand vet vad som hände, men när jag försöker dra mig till minnes vad som hände, minns jag att jag tyckte det var något obehagligt med hans leende. Kanske var det lite för brett eller att det bara stannade kvar en sekund för länge på hans läppar. Nåväl, vi spelade fotboll ytterligare en halvtimme eller så. Sedan kom alla i motståndarlaget plötsligt på att de behövde gå hem för att äta middag. När jag såg mig omkring efter den främmande killen hade han tydligen redan gått sin väg. Av någon anledning berättade jag inte om honom för mina kompisar. Antagligen

för att så här under sommaren var det inget underligt med främmande
människor på Österlen.

När jag kom hem hade jag glömt bort främlingen. Vid middagsbordet
berättade jag ivrigt om fotbollsmatchen och naturligtvis var jag den
stora matchhjälten. Mamma och pappa lyssnade, men de trodde
antagligen inte helt och hållet på min historia men de låtsades i alla fall
och nickade stolt på rätt ställen. Karl och Jonatan tjafsade som vanligt
vid sin del av matbordet. Min storasyster Ida satt som vanligt
okontaktbar med sin mobiltelefon och hummade bara när mamma
eller pappa frågade henne om något.
Så gick det ett par dagar.

Jag, Sofia och Pelle spenderade den största delen av vårt sommarlov
med att cykla ned till havet där det fanns en badplats med en liten
glasskiosk och ett vandrarhem där det mest bodde ungdomar från
Danmark och Tyskland som semestrade i Sverige. Det var där jag såg
den blonde för andra gången. Eftersom jag hade glömt bort vårt första
korta möte kände jag inte igen honom. Först trodde jag att han var
någon av Idas kompisar från högstadiet inne i Ystad då han stod och
pratade med henne och några av hennes jämnåriga kompisar. Jag
hälsade på Ida när jag och mina kamrater gick förbi henne och hennes
gäng. Men hon verkade inte lägga märke till mig. Sofia låtsades stoppa
fingrarna i halsen och kräkas.
"Blä, killbaciller" sa hon sedan med låg röst. Vi fnissade alla tre, även
Pelle, mest för att vi alla tyckte att vi var för gamla för ett så pass
barnsligt skämt. Jag vet inte varför, egentligen skulle jag inte ha tyckt
att det var konstigt att min sextonåriga syster var intresserad av killar.
Av någon anledning gjorde den här killen mig orolig. Jag kan inte ens
nu säga varför. Det var som han hade en aura runt omkring sig. En
aura som bara jag kunde känna, förutom att han var så kort kunde jag
inte se något speciellt med honom. De korta ögonblick jag hade sett
honom kunde man till och med beskriva honom som söt. Han hade
halvlångt blont hår och såg vältränad ut på ett senigt sätt. Alltså inte
direkt som gymkillarna man kunde se på stranden eller inne i Ystad.
Snarare som en som fått muskler genom att arbeta eller gå långa
sträckor med tung packning. Sofia och Pelle lade väl märke till att jag

verkade frånvarande och frågade mig, men när jag inte gav något riktigt svar lät de det vara. De var ihop som vi kallade det. Vilket som mest innebar att de höll varandra i hand och ibland gav varandra tafatta pussar på kinden. Vilket oftast ledde till att de brast ut i nervöst skratt.

Vid kvällsmaten frågade jag Ida:
"Jag såg dig på stranden med en kille".
Jag försökte få mitt tonfall att låta nonchalant och ointresserat.
"Det har du inget med att göra" fräste hon irriterat.
"Jaha, är det någon kille från klassen?" frågade pappa med oroväckande milt tonfall.
"Nej det är en kille som bor på vandrarhemmet. Jag tror att Tommy känner honom" svarade Ida med ett ansträngt nonchalant tonfall.
Sedan gav hon mig en till sur blick och återgick till att peta i sig maten.
Det verkade som pappa ville fråga mer men mamma gav honom en menande blick och han höll tyst. När det blev läggdags för mig och gick jag upp till övervåningen för att borsta tänderna blev jag stoppad av Ida utanför badrummet. Hon stoppade ned handen i fickan och plockade upp en tjugukronors sedel.
"Du får den här om du inte tjallar något mer för mamma och pappa" sa hon. Först blev jag sur för att hon försökte muta mig.
"Jag vill ha två hundra!" sa jag trotsigt. Hon himlade med ögonen och sa "Du får tjugofem."
"Femtio", var mitt nästa bud.
"Tjugofem sa jag!"
Nu hörde jag att hon började bli irriterad på allvar och jag bara nickade och sträckte fram handen.
Hon plockade upp sin plånbok ur byxfickan och gav mig en tjuga och en femma. Sedan gick hon in till sitt rum utan att säga något mer. Nöjd med mig själv stoppade jag ned pengarna i min ficka och gick och borstade tänderna. Jag hade bestämt mig för att hålla mitt löfte till Ida. Men jag hade också blivit fruktansvärt nyfiken. Tjugofem kronor kanske inte var så värst mycket, inte ens för mig som tioåring. Bara det att hon hade gett mig pengarna för att jag skulle hålla tyst gjorde mig nyfiken. Det bidrog nog också till att jag ännu inte var så orolig och det

kändes mest som ett roligt äventyr, något som man kunde läsa om i en bok, fast på riktigt. Innan jag somnade bestämde jag mig för att jag inte skulle berätta om det för Sofia, Pelle eller för någon av de andra kompisarna som jag hade. Jag var nog rädd för att de skulle tycka att jag var löjlig.

Min plan att spionera på Ida var ganska enkel. När hon gick till sitt sommarjobb på ICA-affären på morgonen skulle jag helt enkelt vänta en liten stund för att sedan säga att jag gick hem till Sofia. Sedan skulle jag följa efter min storasyster till hennes jobb på ett lagom avstånd så att hon inte skulle upptäcka mig. Sedan skulle jag gå hem till Sofia och vara med henne tills Ida slutade fem timmar senare och följa efter henne på samma sätt som jag hade gjort på morgonen.

Det var inte speciellt svårt. Inte för att jag var så värst bra på att skugga min syster utan snarare att Ida inte skulle kunna få tanken att någon förföljde henne. Så här i efterhand kan jag småle åt hur jag smög bakom soptunnor och gömde mig bakom husknutar för att Ida inte skulle kunna se mig. Hur som helst, efter ett par dagars skuggande av Ida hade det inte hänt något uppseendeväckande. Det var inte alls så som man hade sett på tv eller läst i böcker. Det hade inte hänt något spännande eller dramatiskt. Egentligen var jag väl väldigt glad för detta. Det var säkert bara så att min fantasi hade lurat mig och att jag själv hade inbillat mig att tänka att något spännande skulle kunna hända. Jag följde efter henne under fyra dagar. Jag hade bestämt mig att den femte skulle bli den sista dagen. Jag hade just kommit in i den åldern då sommarlovet inte längre kändes som ett evigt paradis av ledighet och jag ville inte slösa bort mer tid med att förfölja Ida. Jag följde henne till hennes sommarjobb och var på väg ned till stranden för att träffa mina vänner där när jag hörde en röst bakom mig.

"Jenny! Kan du vara snäll och stanna?"
Jag ryckte till och vände mig om. Där stod han – Den blonde. Han hade just kommit ut från ett café och hade en påse i sin vänstra hand.
"Du är Idas lillasyster, inte sant?"
Hans röst var inte speciellt hög men han talade tydligt. Det fanns inget hotfullt eller direkt skrämmande med honom, men ändå rös jag. Han log ett ganska vänligt leende och höll fram påsen mot mig.

"Jag har köpt wienerbröd. Vill du smaka ett?"

Jag skakade ännu en gång på huvudet.

"Nej." sa han eftertänksamt. "Dina föräldrar har väl sagt att man inte skall ta emot saker från främlingar. Mycket klokt av dem."

Han flyttade över påsen till högra handen och sträckte fram vänstra handen som om han skulle rufsa om mig i håret. Hans fingrar var smala och hans hand kunde kanske till och med beskrivas som vacker, men det som jag lade märke till var att hans naglar inte var speciellt långa men de var spetsiga och krökta som klor. När han såg min motvilja drog han snabbt tillbaka handen. Nu såg hans leende urskuldande ut.

Sedan sa han med sin lugna röst:

"Det var inte min mening att skrämma dig. Speciellt inte eftersom jag tror att vi kommer att ha mycket med varandra att göra". Sedan rynkade han pannan som om han funderade på något.

Sedan sa han eftertänksamt:

"Inte nu i år, Kanske inte ens på många år men jag är helt säker på att vi kommer ha mycket med varandra att göra i framtiden."

Han vände sig om och gick åt rakt motsatt håll mot det håll jag skulle. Jag stod i flera minuter och tittade åt det håll han hade försvunnit. Sedan rusade jag hemåt allt vad jag orkade. Stranden och kompisarna hade jag helt glömt bort. När jag kom hem sprang jag direkt och omfamnade mamma. Hon satt och solade i en brassestol på baksidan av vår trädgård.

"Men älskade lilla gumma. Vad är det som har hänt?"

Jag svarade inte henne utan bara tryckte mitt ansikte mot hennes mage och det var först nu jag märkte att jag hade börjat gråta. Mamma var naturligtvis orolig och försökte få mig att berätta vad som hade hänt. Men jag sa inget för egentligen hade ju inget hänt.

Fram till i augusti hade jag en tung klump i magen och hoppade till för minsta oväntade ljud. Pelle och Sofia som jag nu tillbringade all tid med när jag inte var hemma undrade naturligtvis varför jag var så konstig. Jag sa att jag hade fått se en otäck film av Ida och att den hade skrämt mig. Då tittade de på mig på ett sätt som om de var mycket äldre och världsvanare än jag. Detta irriterade mig eftersom jag visste att de också skulle ha blivit lika skraja som jag blev.

Men jag såg aldrig den blonda killen igen och Ida började träffa en kille som hette Erik som gick på gymnasiet i Ystad där hon skulle börja på höstterminen. När det blev augusti hade jag nästan glömt bort min rädsla. I stället blev jag nästan arg på mig själv för att jag hade varit så barnslig och hade trott att något hemskt skulle hända. Jag gjorde mitt bästa för att ta igen den tid som jag hade förlorat.

Då kom den första dagen på höstterminen. Det var precis som en helt vanlig dag. En del av de intervjuer som jag läste i tidningen och det som jag läst på Internet beskrev flera att de hade haft mardrömmar flera veckor innan skolstarten. Eller rättare sagt, de kallade det för ett förebådande av olika slag. Men antagligen var det här bara efterhandskonstruktioner och rena påhitt. I alla fall märkte jag ingenting och ingen av dem jag har pratat med efteråt har påstått att det var något speciellt konstigt. I en påhittad historia skulle den här delen varit den dramatiska upplösningen men i själva verket var den för min och mina klasskamraters del förvånansvärt oväntat odramatisk. Jag hade haft den sedvanliga träffen med alla lärare och ett par av föräldrarna stannade till och med kvar under den första lektionen. Men mina föräldrar var bara med under träffen med lärarna. Sedan var de tvungna att skynda vidare så att Ida skulle komma i tid till Ystad där hon skulle börja läsa på Naturprogrammet.

Första lektionen var matte. Ett ämne som jag är väldigt bra på om jag får skryta lite. Jag satt mest och tittade ut genom fönstret och var sur för att jag inte fick vara ute och leka i det fina augustivädret. Det var fortfarande varmt ute, nästan 27 grader hade termometern visat hemma i köksfönstret. Vår mattelärare Bengt Jansson, stod just och skrev något på tavlan. Det måste ha varit något från mattekapitlet som vi just hade börjat på när det plötsligt hördes ett högt gutturalt skrik från ett av de andra klassrummen. Jansson blev så förvånad att han drog ett rött streck över whiteboarden och pennan gav ifrån sig ett obehagligt gnisslande ljud. Sedan var det tyst i en sekund eller två sedan hördes skrik och springande utifrån korridoren. Det verkade som om Jansson tänkte säga något men just då rycktes klassrumsdörren upp. Det var vaktis som sanning att säga, jag inte minns namnet på. Hans ansikte var helt rött av svett och ögonen stod ut ur sina hålor så att det såg ut som om de var på väg att falla ut. Han skrek bara;

"Lås dörren för helvete och vänta på att polisen kommer!"
Sedan smällde han igen dörren, antagligen för att springa vidare och varna de andra klasserna. Jag kommer faktiskt inte ihåg om Jansson eller någon annan låste klassrumsdörren.

Det nästa jag minns är att jag stod och höll en poliskvinna i handen. I andra handen höll hon både Pelle och Sofia som stod och klamrade sig fast vid varandra. Jag såg som i slowmotion hur mamma och pappa sprang emot mig från bilparkeringen. Plötsligt fick jag syn på honom. Han stod och hängde vid staketet som skilde parkeringen från skolgården. Han var klädd på samma sätt som varje gång jag hade sett honom förut. I samma tejpade gympaskor och slitna Fjällrävenryggsäck. När han såg att jag hade fått syn på honom satte han upp vänstra handen och vinkade två gånger till mig. Sedan vände han sig om och gick sin väg. Det var precis då mamma och pappa kom fram till mig. Mamma ryckte mig mer eller mindre ifrån poliskvinnan och lyfte upp mig i famnen. Hon storgrät så att min tröja blev blöt men jag märkte det knappt. Jag stirrade som hypnotiserad efter Den blonde ända tills han försvann runt ett hörn.

Jag ska väl inte tråka ut er med att beskriva vad som hade hänt. För om ni läser det här vet ni ju redan det eller så har ni med all säkerhet följt vad tidningarna skrev. Bara två dagar senare öppnades skolan igen. Det fanns kuratorer och poliser på plats. Polisen patrullerade runt skolan i nästan en månads tid. Dessutom hade kyrkan öppet så man kunde gå dit och prata om man ville. Men jag berättade aldrig för någon om Den blonde. Antagligen för att han nog inte hade gjort något. Men främst för att jag själv inte ville tänka på honom. Även om jag försökte övertyga mig själv att mitt obehag av honom bara var inbillning tror jag faktiskt att jag ända sedan sommaren 2012 har försökt att glömma bort det som hände och honom. Jag hade faktiskt lyckats fram till för två veckor sedan.

När jag var på väg hem till mitt studentrum efter en föreläsning såg jag honom. Han kom ut från en sidogata och gick kanske tio meter framför mig. Först kände jag inte igen honom, men han ställde sig vid en busshållplats och vände sig om för att läsa tidtabellen. Då såg jag honom rakt framifrån. Det var han! Han såg precis likadan ut som när jag träffade honom då jag var tio år gammal. Jag blev stående som om jag hade frusit till is och bara stirrade på honom. Det verkade inte som han hade märkt mig. Jag vände och sprang så fort jag kunde åt det andra hållet och tog en omväg hem. Sedan dess har jag sett honom kanske en fyra, fem gånger. Ingen av gångerna har han låtsats om mig trots att han åtminstone vid ett tillfälle måste ha sett mig. Jag har en obehaglig känsla av att det är på grund av mig som han är här i Lund. Jag kan inte glömma bort det där som han sa till mig.

"Jag är säker på att vi kommer att ses igen"

GRODAN OCH SKORPIONEN

Han klev upp tidigt på morgonen. Det var fortfarande mörkt ute. Han gick ned för trapporna och ned till köket. Besökaren var redan vaken. "Det minsta man kunde begära när du ändå får bo här är att du brygger kaffe och gör i ordning frukost" sa han med irriterad röst. Besökaren log urskuldande och gick fram till kylen och tog fram yoghurt, smör och ost. Sedan började han att nynna på en låt för sig själv medan han började breda mackor och slog på kaffebryggaren.

"Kan du inte sluta upp med det där" sa mannen som bodde i huset. "Och förresten hur länge har du tänkt stanna här?" Den andre svarade inte förrän kaffet var färdigt och mackorna stod framme på bordet och han hade satt sig mitt emot den andre mannen vid matbordet.

"Jag trodde att jag skulle ha varit klar för länge sedan" Det lät som han vägde varje ord på en våg innan han uttalade dem. "Med alla de människor som finns här i staden borde jag ha hittat någon" Han tittade ut genom fönstret. Husägaren märkte att den andres tallrik och kaffekopp var tom och mackan hade försvunnit trots att han inte hade sett den andre äta. Till slut suckade han och sa: "Du kan bo här till fredag sedan måste du ge dig av. Grannarna börjar undra. Det är ju tisdag idag så du har tre dagar på dig." Gästen svarade inte utan bara nickade.

Julia fick springa för att hinna med bussen den här morgonen. Allting hade tagit mer tid än vanligt. Hon kom nästan för sent och det var med andan i halsen hon hoppade på bussen. Det tog säkert en minut innan hon märkte att det satt en annan person på fönstersätet bredvid henne. Först trodde hon att det var en tonårspojke som satt där för att han var så kort och spenslig i sin kroppsbyggnad. Men snart märkte hon att han måste vara äldre. Hon kunde inte riktigt sätta fingret på det, men att det måste vara så. Det var något med hans ansikte som fick henne att dra slutsatsen att han var äldre. Efter en liten stund ursäktade han sig och vände sig mot henne och först då förstod hon att hon hade stirrat på honom. Hon skulle precis vända sig om då han sträckte fram handen.

"Jag heter Billy:" sa han. Hans röst var låg men tydlig.

"Julia" sa hon. Hon var förvånad att hon hade svarat över huvud taget. Hon var inte den som brukade ta kontakt med främlingar speciellt inte på morgonbussen på väg till jobbet. Men det var något speciellt med mannen som kallade sig Billy. Hon kunde inte sätta fingret på vad. Det närmaste orden hon kom på var att han verkade intressant. När hon klev av bussen kom hon bara ihåg att de hade pratat, men hon kunde inte komma ihåg vad de hade pratat om.

Hennes arbetsdag gick precis som vanligt och när hon gick till busshållplatsen för att åka hem hade hon nästan glömt mötet hon hade haft på morgonen. Hon blev mycket förvånad när hon såg honom stå vid busshållplatsen och till synes vänta på henne. Hon kände sig lite orolig men det försvann. Han kom fram till henne och verkade lika förvånad som hon var. Han berättade att han var i staden för att besöka en bekant. Att han bara skulle stanna fram till helgen. Julia kände sig både lättad och en aning besviken. Lättad för att det verkade vara en ren tillfällighet att de hade träffats. Men besviken för att det här var en av de få personerna som hon direkt kände sympati med. Annars brukade det ta en lång tid för henne att ta kontakt, något som inte underlättades av att hon var relativt nyinflyttad. Hon kom från en mindre ort ett par mil utanför staden och hade flyttat dit för att hon fick ett bra jobberbjudande för drygt ett halvår sedan. När hon klev av bussen var hon förvånad över att hon hade bjudit ut en främmande man på en kopp kaffe efter att hon skulle sluta sitt jobb dagen därpå. Hon intalade sig själv att hon bara hade blivit mer självsäker. Det var ju ingen fara med att träffa någon på ett café, Han visste ju inte var hon bodde och det skulle finnas fullt med folk på caféet så det skulle ju inte vara någon fara.

Var det inte därför du flyttade hit? För att träffa nya människor och få uppleva nya saker?

När mannen som kallade sig Billy kom tillbaka till radhuset som han för tillfället kallade sitt hem drog han en djup suck av lättnad. Det hade blivit som en andra natur för honom att hålla sig undan andra människor och inte dra uppmärksamhet till sig. Han visste att de flesta andra människor han stötte på kunde känna på sig att det var något fel på honom och undvek honom. Under de första åren trodde han att han skulle bli van och att det inte skulle såra honom. Men det blev aldrig bättre.

"Man jag kan inte hjälpa det." sa han lågt för sig själv. "Jag gör bara det jag måste."

Han kände till sin egen förvåning något vått på kinden. Han strök av tåren med handen och fnissade lågt för sig själv. Det var första gången på evigheter han kunde påminna sig att han hade gråtit eller gett uttryck för någon känsla överhuvudtaget. Han satt så vid köksbordet tills hans tillfälliga hyresvärd kom hem. De sa inget till varandra utan hyresvärden bara grymtade till Billy och började stoppa in varorna han hade köpt i kylen. När han var klar sa Billy med sin låga röst:

"Varför hjälper du mig egentligen?"

Den andra mannen bara grymtade och stod stilla. Det var helt tydligt hur illa berörd han hade blivit av frågan. Efter en lång stund började Billy att prata igen.

"Du vet inte? Inte sant? Du har bara en tvingande känsla av att du måste göra det? Nej, känsla är fel ord. Du har ett tvång, något du inte kan låta bli att göra hur gärna du än skulle vilja låta bli."

Billy reste sig så hastigt att stolen han satt på ramlade omkull. Han gick fram och ställde sig alldeles bakom den andre och viskade i hans öra:

"Det är samma sak med mig. Jag gör det jag gör för att jag måste, inte för att jag vill. Jag har inget eget val. I övermorgon kommer det ändå att vara över och du kan gå tillbaka till ditt vanliga liv och låtsas att jag aldrig har varit här. I alla fall hoppas jag att du kan det. Skall jag berätta en hemlighet? Jag avskyr det här lika mycket som du gör. Men jag har inget val lika lite som du har det."

Sedan dunkande han den andre lite kamratligt i ryggen och gick upp till sitt sovrum.

Billy lade sig på sängen men han kunde inte slappna av. Tankarna rusade i hans huvud. Under de senaste dagarna hade han blivit alltmer desperat. Under så lång tid tillbaka han kunde minnas hade han aldrig haft några problem med att hitta vad han sökte. Men av någon anledning var det nästan omöjligt den här gången. Han hade nästa givit upp tills han mötte kvinnan vid busshållplatsen. Som alla gånger förut, kände han instinktivt att hon var den rätta. Men så var det ju det där med tårarna. Det var första gången han hade känt skuld för vad han måste göra, men som en överlevnadsmekanism hade han intalat sig att han inte hade något val. För att rättfärdiga sitt agerande för sig själv drog han sig till minnes en gammal historia som han hade läst någonstans. Det var en groda och skorpion som båda ville över en flod. Skorpionen frågande grodan:

"Kan jag åka på din rygg? Jag kan inte simma själv."

"Nej, absolut inte sa grodan. "Du kommer bara att sticka mig."

Då sa skorpionen: "Nej då! Då kommer ju jag också att drunkna."

Grodan tyckte att detta lät klokt och skorpionen tittade så bevekande på honom så att han gick med på att skorpionen fick åka på hans rygg. Simturen gick bra tills de var nästan framme. Då kände grodan ett sting av smärta i sin rygg. Medan han sjönk skrek han till skorpionen: "Varför gjorde du så? Nu kommer vi ju båda att dö!".

Skorpionen svarade med förtvivlan i rösten:

"Jag kan inte hjälpa det. Det är min natur".

Detta hade varit det försvar som Billy hade använt så länge han kunde minnas. Att det var hans natur. De första händelser han kunde minnas han varit med var det tidigaste från början av 1800-talet som den stora branden i London och slaget vid Waterloo. Därefter, under nästan tvåhundra år hade han vandrat runt i Europa. Mest till små byar och samhällen. Han kunde inte själv sätta fingret på vad han letade efter. Han hade bara instinktivt vetat då han hade hittat rätt. Han behövde i vanliga fall stanna ungefär en vecka sedan inträffade det alltid någon slags katastrof. Det kunde vara en större olycka som en brand där flera människor omkom, en farsot eller en ovanligt brutal våldshandling. Men det var alltid något som åtminstone indirekt drabbade hela samhället. De få gånger han hade kommit tillbaka till dessa platser, hade han direkt märkt förändringen. Det var mindre vänligt, folk tittade snett på varandra och var inte lika hjälpsamma. Det viktiga vid varje plats var att hitta en person som var katalysatorn eller förövaren eller en helt oskyldig person som kunde föra smitta med sig hem.

Billy visste inte exakt vad han gjorde eller varför men han misstänkte att han fick näring av lidandet. Han kunde äta mat och dricka dryck, men han trodde inte att detta var nödvändigt för honom. Något annat han aldrig hade förstått var att han kunde känna empati med folk och djur i allmänhet, men aldrig för någon som hade varit offer i någon av de olyckor han orsakade. Han kände inte heller hat eller ovilja mot dessa. Det var bara något han måste göra för att kunna överleva.

Julia hade funderat en lång stund vad hon skulle ha på sig då hon skulle träffa Billy. Till slut valde hon att inte ta på sig något speciellt för att det inte skulle verka som hon hade klätt upp sig och hade orimliga förväntningar. Hon hade ju bara bjudit ut honom på en fika. Inte ens på ett flörtigt sätt. Varför hade hon egentligen gjort det? Det hade hon funderat länge på och till slut kommit fram till att det var mest för att hon var uttråkad och ville göra något utanför det vanliga. Hon gick tidigt till cafét så att hon behövde stå utanför i nästan tio minuter innan Billy dök upp. När han sa hej, verkade han nästan nervös. I vanliga fall brukade det irritera henne när folk som hade tagit initiativ till något sedan verkade osäkra, men nu var det charmigt.

De gick in på cafét och beställde kaffe och saffransbullar och satte sig med sina brickor vid ett ledigt bord. Så fort de hade satt sig hände något konstigt. Julia kände sig plötsligt väldigt trött. Hon hörde att Billy pratade men det hördes bara som ett avlägset surrande. Hennes huvud började sjunka ned mot bröstet. Hon kämpade för att hålla sig vaken. Hon ryckte till och tittade upp. Omgivningen var av någon anledning suddig för henne. Som om hon tittade igenom en kameralins som någon hade strukit vaselin över. När hon försökte fokusera på Billy hade hans ansikte förändrats. Hon kunde se den unge mannen som hon hade träffat två gånger förut, men hon såg också ett annat ansikte. Ett mycket äldre. Ett hungrigt ansikte som grinade mot henne med en mun som hade alldeles för många och för vassa tänder. Med ett ryck reste hon sig och sprang mot ytterdörren. När hon sprang över gatan hörde hon skrik av bromsar och en krasch, men hon stannade inte för att se vad som hade hänt. När Julia hade kommit till trottoaren på andra sidan gatan föll hon ihop i en hög och orkade inte resa sig upp.

Billy hade suttit kvar vid cafébordet och sett genom fönstret vad som hade hänt. När Julia hade sprungit ut, mitt i trafiken, hade en buss försökt väja undan för att inte träffa henne. I stället hade bussen kört in i en mötande bil och i sin tur hade inte de två efterföljande bilarna hunnit bromsa och därför kört in i den framförvarande bilen. Att folk hade dött kunde Billy direkt känna. Han stök sig över ögonen och kinderna, men inga tårar. Han såg hur ett ungt par kom fram till Julia för att se hur det var med henne. Detta gjorde honom inte glad men han kände åtminstone lättad. När han hade sett det reste han sig upp. Nu var det dags för honom att lämna staden. Även om Julia inte skulle minnas något så skulle någon komma ihåg honom och det var bäst att han var borta innan polisen började leta efter honom.

SPÖKSKRIVAREN

Jag har bävat inför att skriva den här historien. Inte bara för att den är så pass personlig som den är, utan mest för att det är en typ av historia som när jag började att skriva, lovade mig själv att aldrig skriva. Det är den typ av berättelse som alltför många författare verkar vara så förtjusta i att skriva. Berättelsen om att skriva och en författares våndor. Alla som läser böcker har sina egna små egenheter. Saker som man tycker om eller ogillar. Samma sak med oss författare. Själv står jag helt enkelt inte ut med romaner eller noveller där huvudpersonen är författare. Om jag skall försöka förklara varför är det nog för att det verkar vara så själviskt och navelskådande. Jag tror inte det finns någon annan yrkesgrupp som har så höga tankar om sig själva som just författare. Även i jämförelse med andra kreativa yrken så verkar författarna vara ett speciellt släkte då det kommer till att förhärliga det egna skapandet. Kanske med undantag för musiker, men även i det fallet verkar det vara mer lättsamt och inte tas på stort allvar. Jag vet inte, jag är ju själv inte musiker, men det är det intryck som jag har fått. Okay, då var jag klar med gnällandet.

Jag var faktiskt inte helt ärlig med det jag just har skrivit. Missförstå mig inte, jag anser att vi författare är en bunt navelskådande egocentriker, men anledningen till att jag har så svårt att skriva dessa rader och det som skall komma är att jag kommer att avslöja mig själv som en bluff. Inte hela mitt författarskap utan den delen som kom vid mitt genombrott och allt som jag har skrivit efteråt.

Skrivandet började som en ren hobby och jag lämnade inte in något till ett förlag förrän efter att min fru hade övertalat mig till det efter flera års kärleksfulla påtryckningar. När jag väl hade lämnat in mitt första manus och fått det refuserat kändes det som jag hade något att bevisa. Att jag faktiskt kunde skriva något som andra människor kunde vara intresserade av att läsa. Det tog ytterligare två år och tre utkast till bokmanus innan jag ens kände mig beredd att lämna in något till ett förlag. Det var en ganska banal kärleksroman och jag lyckades få den utgiven på ett litet förlag och den recenserades i ett par dagstidningar. Recensionerna var väldig ljumma men de var inga sågningar så jag förlorade inte lusten att skriva. Jag förstod att det inte skulle kunna bli något jag kunde leva av men då jag trivdes på mitt jobb som vaktmästare på en grundskola, så gjorde det mig inget. Naturligtvis var det trevligt med den uppmärksamhet jag fick från vänner och bekanta och i några enstaka fall, från rena främlingar. Min första bok gavs ut 1991 och under de nästföljande tio åren kom jag ut med fyra böcker i olika genrer, allt ifrån en barnbok som i mitt tycke är det bästa jag har skrivit, till en diktsamling som jag så här i efterhand förstår är det sämsta jag har skrivit. Men i bakhuvudet har jag alltid haft tanken på att skriva en spökhistoria. Inte någon mjäkig mysrysare utan en riktigt otäck berättelse. Av någon anledning har det aldrig gått att skriva den. En gång fick jag ihop 150 sidor bara för att senare radera allt ifrån min Mac som jag använde vid den tiden. Jag kom helt enkelt inte på hur jag skulle fortsätta då jag kommit till en viss punkt. Dessdå mer omöjligt det verkade, dessdå mer blev det en fix idé att jag skulle skriva en rysare.

Nu började jag göra research. Det var något som jag aldrig tidigare gjort under mitt skrivande. Annars hade jag bara skrivit saker som jag hade kommit på eller gamla upplevelser. Så här i efterhand kan jag erkänna att jag inte var en speciellt bra make eller far under denna tid. Att jag kunde bli en enstöring under de perioder som jag skrev, var väl min familj ganska van vid. Jag blev också lättirriterad och tog den minsta lilla kritik alldeles för personligt vilket ledde till många onödiga bråk. Det var nog en lättnad för resten av familjen då jag sa att jag skulle resa bort ett par dagar för att skriva. Det vore lätt för mig att säga att jag såg att min familj inte mådde bra och att jag reste bort för att de skulle få tid för sig själva men i verkligheten var skälen mycket mera självviska. Under min research hade jag stött på en hemsida om hemsökta hus i Sverige. En av artiklarna handlade om Lundin-huset som ligger i en by i Norrland. Huset byggdes under 40-talet av en man som hade tjänat pengar på att göra affärer med nazisttyskland under kriget. Redan under husbygget hade det uppstått kusliga rykten. Folk påstod att huset byggdes alldeles för snabbt och att man kunde höra mystiska ljud och att man kunde se underliga ljussken i skogen. Familjen Lundin hade hållit sig för sig själva och verkade inte umgås i bygemenskapen. Trots det hade de inte lämnat sina medmänniskor någon ro, speciellt inte då det påstods att folk försvann från trakten. När kyrkoherdens pojke försvann var det droppen som fick bägare att rinna över. En grupp av byns män marscherade upp till Lundin-huset för att kräva svar, men fann huset övergivet. Vad som hade hänt med familjen Lundin var ett mysterium.

Artikelförfattaren till hemsidan radade upp ett par av historierna om familjen Lundin försvinnande. De var alla fantasifulla, på gränsen till det groteska. Under åren som gick utökades floran med skrönor om det gamla huset, alltifrån mystiska varelser som hade setts i skogen till en märklig mekanisk röst som ropade "Hallå är det någon där" till folk som var ute och plockade bär eller bara strövade omkring i naturen. På hemsidan fanns också ett foto av huset. Det var det som fick mig att besluta mig för att åka upp till Norrland för att besöka det gamla huset. Det var ett stort trevånings hus. Precis ett sådant kråkslott som man kunde förvänta sig vara hemsökt. Men det som väckte min fantasi var att det såg så välskött ut, trots att ett par av fönstren var krossade. Gräsmattan utanför såg nästan nyklippt ut, som om någon fortfarande bodde där. Jag visste inte riktigt vad jag hade tänkt mig göra när jag kom fram. Jag hade fått någon slags fix idé om att när jag stod framför det gamla huset skulle jag översvämmas av inspiration och kunna skriva min rysare.

Jag körde från Stockholm på morgonen och var framme sent på kvällen i samhället där Lundin-huset låg. Jag hade förväntat mig en avfolkningsbygd. Men jag kom fram till ett ganska välmående samhälle. Senare fick jag veta att det fanns ett framgångsrikt företag som ägnade sig åt friluftsturism. Stressade storstadsbor kunde boka in sig på en weekend med skogsutflykter och matlagning.

Att komma till denna trevliga lilla ort, gjorde mig nästan besviken. I min fantasi hade jag byggt upp en bild av en nästan öde by med gamla ruckel. Om det skulle finnas något ställe att ta in på, så var det något i stil med Bates motell i filmen Psyco. Jag hade till och med tagit med en sovsäck så jag skulle kunna sova i bilen om det var nödvändigt. Hur som helst släntrade jag in på det lilla och trevliga vandrarhemmet som låg i mitten av byn. Då det var lågsäsong för den tidigare nämnda turistfirman var det inga problem att få ett rum. Jag frågade den äldre damen som stod i receptionen om Lundinvillan, men hon bara visade ett ansiktsuttryck som om jag hade sagt något olämpligt och gav mig bara rumsnyckeln.

Rummet som jag hade fått var litet men trevligt. Det hade ett litet sängbord och ett skrivbord som det stod en TV på. Jag lyfte försiktigt ned TV'n på golvet och tog upp min gamla reseskrivmaskin som jag hade köpt på nätet för ett antagligen hutlöst överpris. Som Ni kanske förstått var detta på höjden av min pretentiösa period så jag kände mig alldeles för fin för att använda en laptop för mitt skrivande. Jag satte i ett blankt papper i skrivmaskinen och började skriva. För att vara helt ärlig så tog jag bara en del av de mer våldsamma historierna som jag hade läst på nätet om Lundinhuset och skrev om dem till oigenkännlighet. Jag var så inne i mitt skrivande att jag inte märkte att det började regna kraftigt och också åska och blixtra. Plötsligt när jag var som mest inne i mitt skrivande kände jag mig iakttagen. Det gick en kall kåre längs min ryggrad. Jag hade alla ljus tända i rummet så jag kunde skriva även nu då det hade mörknat. Till min fasa såg jag att skuggan av något enormt och månglemmat stod utanför mitt fönster. Jag blev stel av skräck men tvingade mig själv att vända mig mot fönstret och där stod…

Ursäkta mig men detta är nog en yrkesskada från mångårigt skrivande att jag vill få vardagliga saker att verka mer spännande än de verkligen är. I verkligheten hände inget kusligt. Jag bara satt och skrev långt inpå natten men inget mystiskt hände. För övrigt låg mitt rum på andra våningen av huset. Så vitt jag minns regnade det inte ens den natten.

Jag vaknade tidigt på morgonen dagen därpå. Jag gick ned och åt i den trevliga matsalen på bottenvåningen. Jag blev positivt överraskad av frukostbuffén's urval. Jag hälsade vänligt på den äldre mannen som nu stod i receptionen och gick sedan över till byns turistförmedling. Till min förvåning hittade jag en liten broschyr som handlade om Lundinhuset och de tillhörande spökhistorierna. Längs bak fanns till och med en liten karta så man kunde hitta till huset.

Jag började med en gång följa den lilla kartan på broschyrens baksida. Stigen som ledde in i skogen var märkbart oanvänd. Något som faktiskt fyllde mig med hopp. Jag hade blivit orolig att Lundinvillan hade blivit ett turistmål med spökvandringar och medverkan i TV-programmet på TV4 som Det övernaturliga. Men det stod inget om sådant i broschyren, det var bara en kort sammanfattning av det som jag redan visste.

Det tog knappt en timme att komma fram till huset. När jag fick syn på det blev jag överväldigad över hur stort det faktiskt var. Ingen beskrivning eller ett foto på en hemsida kunde göra det rättvisa. Jag skulle ha kallat det för överväldigande och olycksbådande om inte dessa båda ord hade blivit till utslitna klichéer.

Nu ångrar jag nästan att jag skrev de där dumheterna om skuggan i hotellrummet. Men jag låter det stå kvar då åtminstone jag tycker det var ett ganska roligt påhitt. Som du nog kanske förstår hittar jag inga bra ord att beskrivna mina känslor inför huset. Att kalla det upphetsning är nog en underdrift och att jämföra det med en religiös upplevelse känns på något sätt helt fel. Jag gick långsamt mot huset och det var nu jag förstod varför fotografierna hade gjort ett sådant intryck på mig. Huset var gammat och slitet, men det var som att det var menat att se slitet ut om du förstår vad jag menar. Som de där byggnaderna som nazisterna byggde under andra världskriget som skulle bli vackra som ruiner. När jag kom fram till huset så lade jag handen mot väggen och märkte att den skakade och att jag svettades som om jag hade feber. Jag tog tag i en lös remsa av målarfärg och drog loss den. Jag fick loss nästan en halv meter och jag tog upp den mot ansiktet. Även om jag inte hade någon spegel att se mig i så var jag säker på att jag log som en idiot då jag ensam tittade på färgen. Efter en stund kom jag till mina sinnen och släppte remsan till marken.

Min första plan var att bara se huset i verkligheten men nu när jag var här kändes det inte tillräckligt. Jag vände mig om och fick på en gång syn på huvudingången. Jag gick dit med bestämda steg och slet hårt i dörren med övertygelsen om att den skulle vara låst. Till min förvåning gick den upp med gnisslande gångjärn och träffade mig nästan i ansiktet. Jag stod darrande och bara tittade in i det mörka huset. Nu fick jag den till synes befängda idén att jag skulle gå tillbaka till vandrarhemmet och hämta min skrivmaskin och tillbringa natten i Lundinvillan. Jag letade rätt på en sten för att hålla dörren öppen. Jag hade fått en fix idé om att den skulle vara stängd och låst då jag kom tillbaka. Jag vände mig om och sprang nästan hela vägen genom skogen. När jag var tillbaka till samhället nästan ångrade jag mig. Även om jag hade en sovsäck i bilen skulle det naturligtvis vara kallare och obehagligare att sova i Lundinvillan än i ett varmt hotellrum. Men jag slog fort bort den tanken då jag var övertygad om att om jag inte tillbringade natten i villan skulle jag ångra mig under resten av mitt liv. Jag gick in i lugnt tempo och hämtade skrivmaskinen och hämtade sedan sovsäcken i bilen.

Om jag här bara får komma med en liten betraktelse: Det är intressant hur ofta vi författare känner ett behov av att redogöra för små detaljer som ibland kan vara intressanta men oftast bara drar ned tempot i berättelsen och i värsta fall gör dem alldeles för långa. Jag tänker inte tråka ut dig, min läsare, med en beskrivning av den händelselösa promenaden tillbaka till Lundinvillan.

När jag kom tillbaka var stenen kvar och dörren stod vidöppen. Något som gjorde mig både lättad och besviken. Lättad, för att jag visste att om dörren skulle ha varit stängd skulle jag bara ha ryckt på axlarna och gått tillbaka hela vägen till vandrarhemmet. Besviken, för att jag var faktiskt ganska rädd för att tillbringa natten ensam i det gamla ödehuset.

En stund stod jag bara och tittade in i det mörka huset, tills mina ögon hade vant sig vid det svaga ljuset. Nu hade min nervösa febrighet övergått till en närmast högtidlig känsla då jag tog de första stegen över tröskeln. Jag blev direkt förvånad över hur rent det var. Trots årstiden var det tillräckligt ljust så jag kunde se utan att använda ficklampa. Jag började långsamt gå genom den stora hallen in i en stor matsal. Visst fanns det lite damm på golvet och matsalsbordet, men inte alls så mycket som man kunde ha förväntat sig. Det såg ut som om någon hade varit där för bara två veckor sedan och städat. Jag tog igen upp broschyren från turistförmedlingen och började läsa den. Men enligt den var huset fortfarande övergivet då man inte hade kunnat hitta några anhöriga till familjen Lundin.

Då jag kände att inspirationen började komma, plockade jag upp reseskrivmaskinen på matsalsbordet. Jag drog ut en stol, torkade av den och började skriva med en gång. Jag måste ha hållit på ett par timmar då jag inte slutade förrän det blev för mörkt för att skriva. Jag plockade fram min ficklampa och försökte använda den för att få ljus. Men jag hittade inget sätt att placera den bra. Jag fick ge upp ganska snart då det blev för klumpigt att skriva med bara en hand. Nu började jag känna mig hungrig och plockade fram ett par av mina medhavda mackor och åt dem. Sedan kände jag mig väldigt trött. Det verkar kanske konstigt att jag inte var nyfiken på att se efter hur resten av villan såg ut. Den hade ju väckt min fantasi i sådan hög grad att jag använde min dyrbara semestertid, bara för att resa till den. Men nu när jag väl var här intresserade inte huset mig. Det var inspirationen som villan gav mig som var det viktiga. Jag bestämde mig för att lägga mig så jag kunde börja skriva tidigt nästa morgon. Jag rullade ut min sovsäck och lade min kudde direkt på golvet. Jag somnade nästan med en gång, trots det hårda underlaget.

På morgonen kände jag mig utvilad och beredd att ta mig an nytt skrivande. Men när jag vände mig bort mot bordet där skrivmaskinen stod, frös jag till och fick kalla kårar längs ryggraden. Bunten med vita papper som jag hade haft med mig hade blivit betydligt mindre och i stället hade det tillkommit, kanske 40 nyskrivna sidor till de tolv som jag hade skrivit dagen innan. Med darrande ben gick jag fram bordet och lyfte på den första nyskrivna sidan. Först förstod jag inte vad som stod där. Men när jag hade tittat på fler sidor förstod jag att det var en fortsättning av det som jag hade skrivit. Även om språket på sina ställen var närmast barnsligt hade texten ett djup och en inlevelse som jag bara kunde drömma om att åstadkomma själv. Jag kan inte rationellt förklara mitt beteende. Jag borde ha blivit livrädd. Bara lämnat allt och sprungit ända till bilen och kört iväg och inte stannat förrän jag var hemma igen. Men i stället såg jag det som en utmaning. Någon hade fortsatt med det som jag hade påbörjat och jag ville se hur det skulle sluta. Jag satte mig direkt vid skrivmaskinen. Jag skummande igenom de 40 nyskrivna sidorna så jag visste var jag skulle fortsätta. Sedan började jag att skriva. Jag skrev säkert under fyra timmar innan jag blev hungrig. Jag åt mina sista mackor innan jag fortsatte skriva. Under den tiden ringde min fru och undrade när jag skulle komma hem. Jag sa att jag hade fått inspiration och att jag skulle stanna kvar i ytterligare ett par dagar. Hon var lättad och glad över att jag lät både gladare och piggare än när jag åkte. Sedan kom jag på att jag borde ringa till vandrarhemmet då jag fortfarande hade saker kvar där. De lät väl lite tveksamma men jag lovade dem ett par hundra mot att de lät förvara de saker som jag hade lämnat i rummet. Jag skrev tills det blev mörkt och jag blev trött igen. Precis som natten innan somnade jag utan problem.

När jag vaknade på morgonen så hade högen nästan fördubblats, Men till min förvåning hade ett par av sidorna knölats ihop och slängts på golvet. Till min besvikelse kunde jag se att det var sidor som jag själv hade skrivit. Visst gjorde det ont men jag var ju van vid att bli refuserad så jag bet ihop och satte mig igen och skrev tills jag blev hungrig, Då kom jag ihåg att jag inte hade något att äta så jag gick tillbaka till samhället och köpte mat för ytterligare tre dagar.
När jag kom tillbaka till huset hade min osynliga skrivkamrat skrivit ytterligare sju sidor. För att inte tråka ut dig, min läsare, med onödiga detaljer höll vi på att arbeta på detta sätt i ytterligare två dagar. Sedan hade jag lyckats få ihop ett nästan 400 sidigt manuskript. Jag förstod att det inte skulle bli bättre än så här så jag plockade ihop mina saker. Innan jag stängde dörren bakom mig, vände jag mig om, vinkade och ropade
"Hej då! Vi kanske ses igen!"

Sedan gick jag till vandrarhemmet, betalde och hämtade mina kvarlämnade ägodelar. När jag kom hem lät jag manuskriptet vila då jag förstod att det behövde rättas speciellt spökskrivarens barnsliga språk. Dessutom ville jag ta igen den tid som jag förlorat med min familj. Jag använde de sista dagarna av ledigheten till att leka med barnen och att vara tillsammans med min hustru. Höstledigheten tog slut och jag behövde börja jobba igen.

Det blev nästen jul innan jag tänkte mer på boken. På förvånansvärt kort tid kunde jag rätta manuskriptet. Det märkes att vem den än var som skrivit den största delen så hade den personen lärt sig väldigt snabbt och det egendomliga barnspråket var efter kanske 70 sidor helt borta. Resten är som sagt historia, Jag lämnade in manuskriptet till ett förlag utan att ha alltför stora förhoppningar om att bli publicerad. Men de blev helt eld och lågor och boken blev mitt stora genombrott. Under de kommande tio åren skrev jag nästan en bok om året. Jag arbetade på samma sätt. Jag tog en vecka ledigt och reste ut till Lundinvillan och skrev tillsammans med min okända kamrat. Sedan åkte jag hem och på en dag ytterligare kunde jag få ihop ett manuskript som jag kunde sända till förlaget.

Varför har jag skrivet denna berättelse? I början kallade jag mig för en bluff. Men det är bara delvis sant, då jag kanske har skrivit en fjärdedel av all text i mina bestsellers. Men det har tyngt på mitt samvete då jag vet att det finns någon eller något som jag har att tacka för all min framgång. Så det är av hela mitt hjärta jag avlutar med:
Tack min okände vän! Utan dig hade jag aldrig varit i närheten av den författare som jag är idag.

ÅTERVÄNDAREN

Fram till 1991 stod Österlunds stora herrgård och tronade på det Öländska Alvaret, några kilometer utanför den lilla byn Högsrum. Huset hade blivit ganska förfallet på grund av att det under 70-talet hade använts som sommarhus. När det hade sålts under sista häften av 80-talet hade det stått helt övergivet för att sedan säljas vidare till ett byggbolag som rev ned det för att göra plats till lyxiga sommarhus. När byggnadsbubblan sprack gick byggföretaget omkull och sedan dess har tomten stått övergiven. Många av de äldre Ölänningarna drog en suck av lättnad då huset revs då det redan sedan 1800-talet gick mörka rykten om familjen Österlund.

Efter att skogsägarna huggit ned det mesta av tallskogen på Öland på slutet av 1800-talet avstyckades marken och såldes i mindre lotter till småjordbrukare. Men vid det laget hade den mesta näringsrika jorden blåst bort då den inte hölls på plats av tallarnas rötter. Familjerna som köpte de små markbitarna, hade ofta många barn. På grund av den magra jorden hade de det svårt att hålla hungern borta. Så det kom helt naturligt att misstänksamheten mot Österlunds framgångar kom ganska omedelbart. Det var inte bara de vanliga beskyllningarna om ohederliga affärer och hårdhet mot arrendatorer utan det påstods till och med att familjen hade ingått en pakt med hin håle själv.

Min berättelse börjar en sen natt år 1947. Huset ligger i nästan helt mörker, förutom ett fönster på övervåningen. Där sitter och arbetar husets dåvarande ägare och patriark, Hjalmar Österlund. Kanske är det Hjalmars hårdhet i affärer och heta humör som har gett honom ett dåligt rykte i byn. Men bland sina anställda, som vet att man inte skall reta upp honom i onödan, är han åtminstone respekterad. Han satt ofta uppe sent och arbetade då han hade svårt att sova sedan hustrun Birgitta gick bort, fem år tidigare. Han lade ifrån sig räkenskapsboken som han hade suttit och gjort anteckningar i. Han drog en djup suck och sträckte ut armar och ben. Med ett förstrött öga på klockan som hängde på väggen vid sidan om hans skrivbord, såg han att den var en kvart över midnatt. Han borde gå att lägga sig då han visste att han måste upp tidigt morgonen därpå. Att bli bekväm av sin framgång och den ständigt växande bankboken var inte sådant som låg för Hjalmar. Han vet att han inte är omtyckt av grannar och folket i de närbelägna byarna och att de viskar bakom hans rygg. Men av folket på hans gård uppskattas att han inte är rädd för att själv hugga i. Han är alltid uppe i gryningen och arbetar jämsides med dem med morgonsysslorna. Av någon anledning så har äldsta sonen August, dykt upp i hans tankar. Familjens svarta får som har varit Hjalmars stora anledning till besvikelse och oro ända sedan han som tonåring under första världskriget hellre valde att sitta i fängelse än att göra sin plikt gentemot fosterlandet. I stället för att försöka gottgöra detta så smet August i väg till Paris så fort han blev frisläppt. Under åren har Hjalmar hört alla möjliga rykten om Augusts bedrifter på kontinenten. De flesta har han valt att inte tro på. Som att han hade spelat med ett jazzband, något som Hjalmar själv tyckte lät helt befängt. August hade aldrig haft något sinne för musik. Till och med August måste väl förstå att han skulle skämma ut familjen om det kom till Ölänningarnas kännedom.

Hjalmar reser sig upp och bestämmer sig för att han ändå måste gå och lägga sig. Morgon därpå får drängarna vänta i nästan en kvart innan Hjalmar dyker upp. När han gör det är han rödögd och det gråsprängda håret, som han alltid var noga med att kamma, är oredigt.

När arbetet väl drog i gång, verkade Hjalmar tankspridd. När han gick tillbaka till huset för att äta lunch började drängarna att tala sinsemellan. Han hade arbetat lika hårt som han alltid gjorde men när han trodde att ingen såg, tittade han sig omkring som om han sökte någon. Trots att Hjalmar var med och arbetade jämsides med de andra karlarna fanns det en klart outtalad rangordning dem emellan som ingen vågade eller ville bryta. Det blev mest löst tal. När lunchen var slut och Hjalmar kom tillbaka var han sitt gamla vanliga jag igen.

Dagen därpå verkade allt som vanligt igen. Det som hade stört Hjalmars sinne var att han hade trott sig se August smyga omkring på gården medan de arbetade på förmiddagen. Efter lunch hade han inte sett August något mera och förklarat det hela för sig själv som sömnbrist. Därför ignorerade han de gånger under eftermiddagen han trodde sig se August igen. Hjalmar oroade sig över att han började få konstiga idéer och tankar. Han kanske började bli gammal och utsliten? Han var antagligen bara utarbetad och till helgen skulle han besöka sin dotter Maria och svärson som bodde en liten bit utanför Borgholm. Svärsonen, Göran Henriksson, ägde en herrekipering inne i själva Borgholm och var dessutom månskensbonde. Hjalmar och svärsonen hade väl aldrig dragit jämt, men hans dotter Maria var den i familjen som stod honom närmast och hade stöttat honom efter hustruns död. Hjalmar somnade gott den natten.

Dagen därpå satt Hjalmar återigen uppe sent på kvällen i sitt arbetsrum, när han plötsligt fick se ett oöppnat kuvert som låg mellan några papper. Han rynkade pannan då han studerade kuvertet som saknade avsändare. I vanliga fall brukade pigan lägga posten nere på bordet i vardagsrummet. Han hade bett henne att inte gå in i hans arbetsrum. Han skötte själv städningen i rummet. Han ryckte på axlarna och öppnade kuvertet. Han läste långsamt igenom det för att sedan resa sig upp med en svordom. Det drog ett töcken över Hjalmar sögon. För ett ögonblick tyckte han sig se August med ett sorgset leende stå där framför honom. Han blinkade för att få klarare syn och naturligtvis var han ensam i rummet. Det högg plötsligt till i Hjalmars bröst.

Pigan som hade besök av sin syster och svåger, hörde en duns som om en stol föll omkull och strax därpå en annan duns men denna gång en dovare och mjukare. Hon tänkte inte vidare på detta och efter att hennes besökare hade gett sig av, gick hon och lade sig.

Morgonen därpå gick pigan upp och började med sina morgonsysslor. Efter att hon hade sett om korna i ladugården kom hon att tänka på att hon inte hade sett till Hjalmar. Han brukade aldrig vara den som sov länge på morgnarna så hon blev en aning orolig. Trots att Hjalmar hade varit en tolerant husbonde, så kände hon en stor respekt gränsande till skygghet gentemot honom. Det tog en bit in på den tidiga förmiddagen innan hon vågade gå upp på övervåningen. Det var med bävan som hon knackade på arbetsrummets dörr utan att få något svar. Efter att ha väntat i flera minuter tog hon ett djupt andetag och öppnade dörren. Där fann hon Hjalmar liggande framstupa över skrivbordet med ett hopknölat papper i handen. Hennes skrik hördes ända ut på gården där en av drängarna arbetade. Drängen hade gått mot huset för att se efter varför Hjalmar inte hade dykt upp till dagens arbete. Han mötte den skräckslagna pigan i hallen och lyssnade på hennes förvirrade redogörelse över vad hon hade sett. Efter att själv ha gått upp och tittat efter, sprang han det snabbaste han kunde för att försöka leta rätt på hjälp. Han lyckades få tag på en granne, men det dröjde ända till eftermiddagen innan läkaren från Borgholm kunde komma.

I Hjalmar dödsattest stod att han hade dött av hjärtslag. Döden inträffade antagligen under natten men pigan skulle förebrå sig själv att hon inte hade gjort mer under så lång tid. Det hopknycklade pappret som Hjalmar hade hållit i som både pigan och drängen hade sett, försvann. Antingen innan läkaren dök upp eller så tog läkaren det med sig. Det kunde aldrig återfinnas.

Hjalmar hade aldrig varit speciellt omtyckt, men han hade varit respekterad av sina grannar. Det dåliga ryckte som familjen Österlund led av hade under de senaste åren hamnat mer och mer i bakgrunden. Den största chocken kom då hans testamente lästes upp. Trots att det var gammal bondetradition att äldsta sonen ärvde gården blev många förvånade över att odågan August skulle ta över gården. De andra syskonen verkade vara mest lättade att de kom undan ansvaret att ta över gården. Yngsta dottern Maria var den enda av syskonen som levde på Öland tillsamman med sin man och barn.
August hade meddelat att han kunde komma till Öland oväntat snabbt. Det verkade nästan som om faderns bortgång inte kom som en överraskning för honom. Kunde det verkligen gå så fort att resa från Paris till Öland?

Trots att det var en ruggig höstdag hade det samlats en folksamling vid Österlunds gård. Folk hade kommit från grannskapet för att bevittna denna händelse som ansågs vara en mindre sensation. August åkte med tåg först från Färjestaden till Borgholm därefter gjorde han en storslagen entré då han kom med en av Ölands första taxibilar, att amerikanskt vrålåk. På grund av det regniga vädret var väglaget dåligt och det dröjde fram till kvällen innan han dök upp. Det som förvånade de tappra få som hade stannat kvar och väntat var förutom taxibilen att han inte var ensam. Han hade med sig ett mindre följe bestående av män som alla var klädda i grå kostym och hade neutrala, nästan intetsägande ansiktsuttryck. Även om det var länge sedan någon på Öland hade sett August så kunde alla direkt känna igen honom. Det fanns något av det lättsamma och pojkaktiga i hans utstrålning som inte hade försvunnit. Maria och hennes man gick fram för att hälsa på August. Men de stannade efter ett par steg innan August klev fram och kramade systern och skakade hand med svågern. Sedan gick han förbi dem och nästan skred tillsammans med sitt lilla sällskap fram emot huset. Både Maria och maken Gösta skulle senare säga att anledningen till att de båda blev som fastfrusna var Augusts ögon. De hade blivit kalla och främmande som om det var någon annan än August som såg ut genom släktingens ögon.

August tog direkt tag i att modernisera jordbruket och var en av de första på Öland som började använda traktorer. För övrigt gjorde August kanske inte mycket väsen av sig som godsägare. Men floran av rykten och historier skulle ta ny fart. Speciellt då han var så tillbakadragen och att det dök upp fler och fler främmande män som bosatte sig på gården. August kallade dessa män för sina kompanjoner, men ingen visste vad de gjorde. Något arbete på gården var det i alla fall inte tal om. Något som till synes verkade vara helt oskyldigt var Augusts middagar som han bjöd sina släktingar på varje annandag jul. Ingen kunde klaga på maten som August bjöd på och kompanjonerna lagade, den var uppskattad av alla. Men folk berättade sinsemellan att de kände sig förändrade sedan de varit på middagarna ett par år i rad. Tankar som inte kändes som att de var deras egna dök upp i huvudet och var omöjliga att bli av med.

August var ägare till familjegården fram till sin död vid mitten av 70-talet. Numera är den bara en ödetomt. Men det kommer att dröja länge innan minnet av familjen Österlund försvinner.

DE FRUKTANSVÄRDA SKALBAGGARNA

Jag kommer inte ihåg hur många gånger jag har försökt att skriva ned det här förut. Jag vet inte ens varför det känns så viktigt för mig, för jag har inga tankar på att publicera det eller att någon annan skall läsa detta. Det är som ett tryck inom mig, något som bara måste komma ut. Om inte annat så måste jag göra detta för Tommys skull. Tommy ja, jag kan knappt tänka på honom utan att gråta. Men jag får inte igen gå ner mig i självömkan och ta min tillflykt till lyckopiller och alkohol.

Tommy och jag träffades på den första skoldagen i första klass. Det var antagligen en stor lycka för mig, annars hade jag förmodligen blivit det perfekta offret för de barn som har mobbartendenser. Jag var ganska blyg som barn. Antagligen för att min mamma aldrig hade släppt i väg mig till dagis, bara mycket motvilligt lät hon mig gå till skolan och då bara för att annars skulle de sociala myndigheterna bli inblandade. Dessutom hade jag tjocka glasögon och var lite överviktig. Men som sagt jag hade tur. Redan innan det ringde in till den första lektionen kom Tommy fram till mig och började prata. Tommy var i stort sett min raka motsats. Han var välanpassad och hade många kompisar sedan dagis. Och för att han gillade mig, accepterade de andra barnen mig. Men om Tommy var sjuk märktes det direkt hur obekväma de andra i klassen var med mig. Jag kände direkt att jag bara fick vara med på nåder eftersom jag var Tommys kompis. Anledningen till att vår vänskap blev så stark var att vi delade ett gemensamt intresse. I vårt fall var det folktro och spökhistorier. Vår stora hjälte som barn var folklivsforskaren Ebbe Schön. Tommy hade en gammal VHS-kassett med den gamla adventskalendern, Trolltyg i Tomteskogen. Själva kalendern kanske vi inte var så intresserade av men avsnitten med Ebbe där han förklarade den gamla folktron var den stora behållningen för oss. Alla böcker om folktro och gamla sägner lånade vi från biblioteket. De böcker som inte fanns på vårt lokala bibliotek skickade den vänliga bibliotekarien efter. Men någon gång i sjätte klass började de böcker som vi kunde få tag i på biblioteket att kännas löjliga och barnsliga. Internet var fortfarande något nytt och inte alls så stort som det är i dag. Men Tommys familj hade en modern modemuppkoppling så vi kunde leta på engelska och amerikanska sidor. Det var där vi kom i kontakt med de mer underliga och avvikande delarna av vårt intresse. Vi tillbringade så gott som all vår lediga tid med att surfa på chattrum och hemsidor. Om Tommys föräldrar hade kommit på oss hade vi antagligen aldrig mer fått surfa utan att någon av dem övervakade oss. Det var via en av dessa hemsidor som vi fick veta om Göran Bergman. Han var tydligen en av de stora auktoriteterna när det kom till det övernaturliga. Han var inte en författare utan han gick igenom verkliga händelser och försökte förklara dem. Han hade skrivit ett flertal böcker men aldrig blivit känd bland vanligt folk, men på de hemsidor och chattforum som vi brukade besöka var han en stor auktoritet. Hans titlar var oskyldiga nog så vi kunde be våra föräldrar att skicka efter dem trots att de var ganska dyra. Så höll vi på under hela mellan och högstadiet.

När vi började på gymnasiet så började vi på olika skolor och läste olika program. Vi bodde fortfarande kvar i samma stad. Det var nog jag som mer och mer började få andra intressen. Medan Tommy fortfarande hade samma brinnande intresse för det övernaturliga och det oförklarliga. Vi träffades fortfarande men det blev mer och mer sällan. I tredje ring, bara en gång i månaden. Dessutom hade jag tidigare börjat spela hockey och det hade blivit mitt nya stora fritidsintresse. Utan att skryta för mycket var jag en talang. NHL-spel kanske det inte blev tal om men i min division var jag en av de absolut bästa spelarna. Jag hade även gjort kortare turer och spelat i Ryssland och Finland. Jag höll fortfarande sporadisk kontakt med Tommy. Ibland fick jag långa brev från honom från hela världen. Efter han hade gått ut gymnasiet gick han inte vidare till högskolan utan började resa runt för att besöka de platser som vi hade läst om. Han försörjde sig med enklare jobb på den plats där han för tillfället befann sig. Vi träffades inte personligen på kanske en fem sex år. Men så dök han plötsligt upp.

Det var ett par dagar efter att jag hade begravt min mamma. Hon gick bort efter en kortare tids sjukdom. Så en dag stod han plötsligt bara där utanför min dörr. Jag kan inte säga att jag blev glad utan var mest förvånad. Naturligtvis bjöd jag in honom. Vi satt i flera timmar och bara pratade. Om gamla tider och vad jag hade haft för mig. Det var när hockeysäsongen just hade slutat och jag hade mycket fritid. Vi bestämde att träffas redan nästa dag för att prata mera. Visst var det roligt att träffa Tommy igen men det märktes på honom att han ville berätta något för mig. Han var ivrig på ett sätt som jag inte hade sett hos honom förut. Hans iver smittade av sig på mig och jag tänkte att det skulle bli kul att sitta ned och prata gamla minnen igen.

När han dök upp dagen därpå hade han genomgått en märkbar förändring. Han hade blivit mycket blek och svettades. Han tog inte heller av sig jackan under hela tiden han var hemma hos mig. Vi satt i mitt vardagsrum i soffan som jag hade vid det tillfället. Han berättade om vad han hade haft för sig under de senaste åren när vi bara hade haft sporadisk kontakt. Jag började bli lite avundsjuk faktiskt. Visst var jag framgångsrik inom hockeyn men Tommys liv var nästan som en India Jones film. Han hade en stor besvikelse. Under alla sina resor hade han inte hittat det slutgiltiga bevis som skulle visa att det som vi hade trott på ända sedan barndomen verkligen var sant, att det bara inte hade varit en småspännande hobby utan att det verkligen fanns något därute. Jag hade aldrig hört honom prata på det här sättet förut. Dessutom började han tala med allt högre röst och gå runt i rummet och gestikulera med armarna.

"Men nu tror jag att jag till slut har hittat det!" sa han med triumferande röst. Han plockade fram ett paket ur sin rockficka och lade ned det på bordet.

"Men först vill jag att du skall ha det här. Det är alla mina efterforskningar som jag har gjort efter det att vi slutade att träffas" Han sa det här med ett helt neutralt tonfall utan ett uns av förebråelse. Paketet var ganska tjockt och måste innehålla flera hundra sidor. Efter att han hade sagt detta tog han upp en tändsticksask ur rockfickan och slängde den på bordet framför mig. Jag fick sätta handen för munnen för att inte börja skratta. Det var något nästan löjligt med den storslagna gesten.

"Öppna den så får du se!" sa han med andlös röst.

Jag gjorde som han sa. Jag visste inte vad jag förväntade mig att få se. Men vad jag än hade trott så var det inte det som låg i asken. Det var en skalbagge, ungefär tre centimeter lång och ganska platt. Den var helt vit på ryggskölden.

"Jaha, vad är det med den här?" frågade jag och tittade på Tommy.

"Ta upp den. Titta noggrant på den" sa han samtidigt som han böjde sig fram och lutade sig över bordet. Jag gjorde som han sa. Den var förvånansvärt tung, som om den inte var en vanlig insekt utan gjord av metall.

"Lyft upp den till ansiktet och titta noggrant på den".

Det var något i Tommys röst som gjorde mig riktigt orolig nu. Jag kunde inte sätta fingret på vad det var, men det var något i tonfallet som fick mig att tro att han hade förlorat förståndet. Men jag gjorde som han sa och lyfte upp skalbaggen till mitt ansikte. Det var nu som skalbaggen började skrämma mig. Det var nämligen så att den hade ett helt mänskligt ansikte, bara i väldig förminskning. Visst var det obehagligt att se något så vardagligt på ett så oväntat sätt, men det som förföljer mig i mina mardrömmar nu för tiden är det att när jag tittade tillräckligt noga på det lilla ansiktet såg jag att det var en exakt avbildning av Tommys ansikte.

"Ser du det?" frågade Tommy då jag hade studerat skalbaggen en lång stund.

Jag bara nickade och släppte ned skalbaggen som om den brändes. Efter vi både hade varit tysta en stund sa Tommy med lugn och allvarlig röst:

"Jag kom till dig min gamla vän. Den enda riktiga vän som jag någonsin har haft."

Jag hade blivit helt torr i munnen och kunde inte svara honom. Jag bara nickade igen.

"Jag kom hit för att visa dig att vi hade rätt. Att vi inte bara slösade bort vår tid. Du har inte sett det bästa än. Vänta bara en liten stund till"

Nu var det som han hade förlorat all sin maniska energi som om han hade spelat en hel hockeyperiod ensam mot ett helt motståndarlag. Han sjönk ned i soffan bredvid mig. Jag vet inte hur länge vi satt så, men plötsligt började Tommy att lösas upp. Det är ingen bra beskrivning men det är det närmaste jag kommer på. Det var som om han var gjord av gammal torr lera som sprack och bitar började fall av.

Varje liten bit blev till en insekt som kravlade över golvet och soffan. En del av dem fällde ut vingar och med ett ohyggligt maskinliknade ljud började de flyga runt i mitt hus. Med ett skrik sprang jag till ytterdörren som jag slet upp, sedan minns jag inget mer.

Men jag har fått berättat för mig att några grannar hade hört mitt skrik och kommit springande för att se vad som hade hänt. Jag hade fallit ihop på marken mellan ytterdörren och garaget. Där låg jag på marken och babblade obegripligt. Det enda som fanns kvar av Tommy var hans skor, kläder och rock. Jag har aldrig varit densamma efter det här sista mötet med Tommy. Visst var det fruktansvärt att se honom dö eller vad det var som hände med honom. Men det som var det mest skrämmande för mig var mina egna känslor. All min rädsla trängdes undan av min upprymdhet. Äntligen hade jag fått ett bevis på att det fanns något mer. Att det var som Tommy hade sagt. Att hela vår ungdomstid inte var bortslösad.

Efter polisens undersökningar fattade jag ett beslut. Jag har nu sålt mitt hus och beslutat mig att göra detsamma som Tommy gjorde, ge mig ut i världen för att se vad som finns därute. Kanske kommer jag att sluta på samma sätt som han gjorde, men jag tror inte det skulle var det värsta sättet att lämna denna värld. Kanske skulle jag hitta en vit skalbagge som har mitt ansikte. Det skulle ändå vara mycket värre att låtsas som ingenting och fortsätta min hockeykarriär.

EFTERORD

Slutligen vill jag bara tacka alla dem som har hjälpt till med denna bok. Först och främst vill jag tacka min pappa Kjell som har hjälpt mig att skriva ned alla novellerna och dessutom har redigerat och tagit omslagsbilden. Detta har varit ett familjeprojekt då min mamma Gunnel och min bror Jonas har korrekturläst och kommit med synpunkter. Det har också Britt-Marie gjort.

Förutom dessa som direkt har hjälpt mig med bokens tillkomst, vill jag också tacka Eva och Sven, Joakim och Emma för support och all den uppmuntran de har gett till mig.

Och naturligtvis, ett stort tack till Johan och Nettan på Borgholms Bokhandel för att ni tog in min första bok.